Narratori Feltrinelli

Banana Yoshimoto
Lo spirito bambino

Le strane storie di Fukiage 3

Traduzione di Gala Maria Follaco

Titolo dell'opera originale
FUKIAGE KITAN VOL. 3
ZASHIKI WARASHI

Traduzione dal giapponese di
GALA MARIA FOLLACO

Prima edizione ne "I Narratori" settembre 2024

Stampa Grafica Veneta S.p.A. di Trebaseleghe - PD

ISBN 978-88-07-03610-1

Avvertenza

Per la trascrizione dei nomi giapponesi è stato adottato il sistema Hepburn, secondo il quale le vocali sono pronunciate come in italiano e le consonanti come in inglese. Si noti inoltre che:

ch è un'affricata come la *c* nell'italiano *cesto*
g è sempre velare come in *gatto*
h è sempre aspirata
j è un'affricata come la *g* nell'italiano *gioco*
s è sorda come in *sasso*
sh è una fricativa come *sc* nell'italiano *scelta*
w va pronunciata come una *u* molto rapida
y è consonantica e si pronuncia come la *i* italiana.

Il segno diacritico sulle vocali ne indica l'allungamento.

Seguendo l'uso giapponese, il cognome precede sempre il nome (fa qui eccezione il nome dell'autrice).

Per il significato dei termini stranieri si rimanda al *Glossario* in fondo al volume.

Poggia il piatto sulle ginocchia, sbucciami una pera
Incidi una cipolla con il tocco della tua vita
Mi lascerò sommergere dal volume di una felicità minuscola
E il mondo diventerà grande, troppo grande.
Ci faremo piccoli e rigidi
Come i piccoli scarabei, che non temono nulla
Saremo come due scarabei dimenticati da tutti.

La luna si allontana di pochi centimetri ogni anno
Il cosmo si espande e lascia indietro solo noi
Cala il sole, proiettando ombre in cui andremo
a nasconderci.
E nessuno più ci troverà,
Saremo lì a trattenere il respiro
Come i piccoli scarabei.
Saremo come due scarabei dimenticati da tutti.

E allora fatti piccola, fatti rotonda, lasciati andare
al ballo dello scarabeo.
Chiudiamo la porta dall'interno, chiudiamo a chiave
e mettiamo su la canzone.
E fatti piccola, fatti rotonda, lasciati andare al ballo dello scarabeo.
In questa stanza illuminata dalla luna,
sorseggiamo acqua e un pizzico di zucchero.
E fatti piccola, fatti rotonda, lasciati andare al ballo dello scarabeo.
Una solitudine, due solitudini, uno più uno, due.

Hara Masumi, *Scaraberock*

Era un pomeriggio di fine estate e stavo facendo un riposino. Era un sonno decisamente profondo per un riposino pomeridiano.

Durante il sonno, ebbi per la prima volta la sensazione di immergermi in un mare verde scuro.

Poi feci uno strano sogno.

Qualcuno veniva a dirmi addio. Provai qualcosa di triste e dolce insieme che mi lasciò un sentore fresco, come di sorbetto.

Fu come un tocco d'ala leggero, nulla di greve, di stagnante, nessun rimorso né sofferenza.

Una sagoma elegante sollevò appena i lembi della gonna e con un inchino disse: "Mi stia bene. Grazie di tutto. Mi sono divertita. Gliene sono grata", e a me sembrò di guardarla con il cuore libero, come quando si osserva un bel paesaggio senza nubi all'orizzonte.

Anche la mia reazione fu enigmatica: "Quindi era quello il suo aspetto". Era evidente che, nel sogno, sapevo benissimo chi mi trovavo davanti.

Nel mondo reale, tuttavia, non avevo la minima idea di chi mi stesse dicendo addio.

Chi era? Quella sensazione… Chi mi ricordava? Si trattava di qualcuno che conoscevo, ma alla lontana. Non era qualcuno con cui avevo avuto una frequentazione abituale.

E proprio mentre esploravo i fondali della mia conoscenza mi risvegliai.

Quando in sogno mi addentro nelle tenebre della memoria, mi accorgo che, a mano a mano che scendo in profondità, ritrovo i capi di mille fili collegati tra loro. È come spostarsi sott'acqua a gran velocità. Quando poi mi sveglio, però, il rumore della mente si insinua dappertutto e mi confonde.

In quel momento, nella realtà suonò il citofono.

"Una persona di nome Misuzu dice di volerla incontrare, Mimi. È già venuta molte altre volte, desidera che la lasci entrare?" chiese la guardia, aggiungendo poi che aveva già ottenuto il permesso di Isamu.

La mamma e Kodachi erano uscite, Isamu era nella sua ala.

Quanta calma mi infondeva quella situazione: due persone che non interagiscono tra loro ma che tengono l'una all'altra, che si trovano nella stessa proprietà ma alla debita distanza. Mi dava sempre una grande felicità.

Forse quella sensazione era ciò che chiamano "sentirsi in famiglia", il gusto di qualcosa che avevo perduto nell'infanzia e che fino a quel momento non avevo più provato.

Mia sorella aveva sposato un uomo ricco e io ne avevo tratto vantaggio a mia volta; in compenso ero costretta a vivere come una specie di principessa sottochiave, il che era per me un supplizio, per non parlare del fatto che l'ingresso di casa era lontanissimo dalle nostre stanze. Tuttavia gli aspetti positivi di quella situazione erano parecchi e quindi non potevo proprio lamentarmi.

Cercavo di tenermi pronta a cambiare del tutto le mie abitudini qualora le circostanze lo avessero richiesto.

Per come era fatta, mia madre non avrebbe avuto alcuna difficoltà a condividere il proprio *bentō* con la guardia. In verità Isamu le aveva chiesto di non dargli troppa confidenza "perché, secondo l'agenzia, se ci si lega troppo alle guardie si rischia di sviluppare sentimenti reciproci e questo può interferire con il lavoro", solo che gliel'aveva detto con il solito tono timoroso, motivo per cui la mamma riteneva di aver ottenuto il suo consenso a prepararagli il *bentō*.

E così era venuta a sapere che si chiamava Kobayashi.

Per quel che mi riguardava, cercavo di mantenere le distanze, quindi non lo chiamavo per nome, mi limitavo a fare un cenno di saluto e passavo oltre, e se ci parlavo era solo di questioni che avevano a che fare con i suoi compiti. Ma facevo anche attenzione a non considerarlo come un semplice elemento scenografico.

Kodachi gli faceva sempre dei gran sorrisi quando usciva, sembrava un personaggio della tv o una principessa, camminava tutta impettita senza voltarsi mai. Le differenze di personalità sono una fonte inesauribile di interesse.

Per un attimo mi venne voglia di far dire a Misuzu che stavo riposando e chiederle di tornare più tardi.

Sapevo però che faceva una vita da semireclusa, e che nel giro di mezza giornata o di un giorno intero l'avrei sicuramente raggiunta io nel salotto del guardiano (ero solo io a chiamarlo così, e lui nemmeno lo sapeva), e sarebbe stato molto più semplice incontrarci in questo modo. Si sarebbe trattato di fare un piano di scale per raggiungere il terrazzo, tutto sommato, e ci saremmo viste comunque nell'arco di poco tempo, quindi era decisamente singolare la sua iniziativa di arrivare "così lontano" per parlarmi. Doveva essere successo qualcosa di grave.

Quindi cambiai idea e accettai di incontrarla.

Avrei potuto accoglierla in camera mia, ma era tutto in disordine; inoltre fuori il tempo era bello, così decisi di andare a prenderla al cancello e portarla sulla panchina vicino alla fontana nel cortile interno.

Quando la vidi, mi sembrò un gattino abbandonato. La salutai e la condussi all'interno.

Sembrava provata sia moralmente che fisicamente. Non riuscivo a capire, la osservai dalla testa ai piedi. Non sembrava che qualcuno le avesse fatto del male ma aveva l'aria preoccupata, dalle pieghe dei vestiti intuii che non aveva dormito né si era cambiata prima di venire da me.

Ci incamminammo lentamente verso il cortile.

La brezza di fine estate riempiva l'aria di una fragranza dolce come quella del pane appena sfornato. Le foglie non avevano ancora cominciato a cadere, le nubi in cielo conservavano le forme estive. Mi guardavo intorno e già sentivo un poco la nostalgia della stagione che stava per finire. Quell'estate ormai agli sgoccioli portava con sé una fragranza destinata presto a unirsi alle altre che mi sarebbe stato concesso di conoscere nel corso della mia vita.

Dentro a una borsa che tenevamo sempre all'ingresso del nostro appartamento, una borsa "da pic-nic", come la chiamava mia madre, avevo messo un thermos con il caffè, due tazze e un piattino con qualche biscotto.

Ero maldestra in qualsiasi cosa facessi, ma in quelle occasioni preparavo tutto per bene.

Il bulldog Marceline, che mi correva intorno ogni volta che uscivo, lo fece anche stavolta non appena mi vide arrivare dalla nostra ala. Saltò addosso a me e a Misuzu tra mille guaiti, poi si acquietò accucciandosi ai nostri piedi. Misuzu sentì il calore del suo pelo e sorrise contenta, segno che i cani possono fare grandi cose. Un cane ti dà amore anche se non sai parlare, anche se sei una nullità. Il suo pelo corto emanava l'odore del sole. Era stato sul terrazzo della mamma fino a pochi minuti prima.

Mi sedetti sulla panchina e Misuzu prese posto accanto a

me. Lo scroscio lento della fontana era una rilassante colonna sonora.

Versai il caffè in una tazza e gliela porsi. Dalla tazza fumante si sprigionò un aroma intenso. Misuzu ne bevve un sorso in silenzio.

Misuzu aveva gli occhi gonfi, sembravano quelli di Nobita, in *Doraemon*, quando piange così tanto che alla fine i suoi occhi diventano una specie di "3" steso in orizzontale.

"Che ti è successo? Non avrai mica fatto a botte con il guardiano?"

Come prima ipotesi mi giocai quella più improbabile.

"Buaaaa!"

Misuzu cominciò a piangere come una bambina.

Le lettere "Buaaaa!" fuoriuscirono dalle sue labbra per poi svanire a contatto con il suolo.

La tristezza di quelle lettere mi turbò. Che cosa mi prendeva, perché la vista dei suoni di un pianto era sufficiente a suscitare in me tristezza?

Vedendola piangere, mi ricordai della Misuzu nera.

È giusto che i bambini si comportino da bambini, ma se un adulto piange alla stregua di un bambino vuol dire che è capitato qualcosa di grave.

"Che ti prende, Misuzu?"

Le sfiorai un braccio. Non dovevo esagerare o si sarebbe ribellata. La sua tensione era evidente. Ma senza un contatto non sarei riuscita a fare niente, non avrei potuto aiutarla. Era un rischio che dovevo correre.

Riuscì a smettere di piangere, bevve un altro sorso di caffè e contrasse lentamente il viso in una smorfia infantile.

Ogni tanto mi chiedevo se la Misuzu nera non avesse lasciato qualche traccia di sé nella vera Misuzu. Quegli sprazzi di infantilismo, o di ingenuità, come dir si voglia.

Che un giorno, forse, sarebbero stati la sua salvezza.

Ciò che mi piace della vita è che la ricompensa per il bene

che si è fatto può arrivare a distanza di tempo e in modi inaspettati; è un meccanismo incomprensibile a noi essere umani, e forse in questo modo Misuzu sarebbe stata ripagata per aver permesso, con il proprio corpo, la salvezza dell'anima della Misuzu nera.

È una legge perfetta, una forza capace di equilibrare ogni cosa in modo imperscrutabile, lento e improvviso allo stesso tempo. Il mondo e l'universo non sono mai totalmente accessibili alla sensibilità limitata di creature insignificanti come noi.

È il corso della natura, imprendibile come è imprendibile la furia della tempesta che agita il fondo del mare. Possiamo solo affidarci a lei e a nient'altro. Non stiamo al mondo nemmeno per un secolo, troppo poco per poterne comprendere la logica. Sarebbe come sottovalutare l'universo intero.

Da quando la Misuzu nera ci aveva lasciati, Misuzu era diventata anche più accomodante. Di quell'aura fosca intorno al viso che la faceva apparire un po' inavvicinabile ora non rimaneva più traccia. Sul suo viso adesso splendeva l'alone rosato dei neonati.

"Mi sono venute le mestruazioni. Non sono incinta," disse.

"Mi dispiace, ma potete sempre riprovarci, no?" risposi dandole una leggera pacca sulla spalla. Cercavo di mostrarmi allegra e ottimista.

"Ma io non riesco ad avere rapporti sessuali! Era un'occasione a dir poco unica."

Osservai le lettere sgorgare dalle sue labbra e, senza volerlo, sorrisi.

"Su, quando finiranno le mestruazioni ce ne andiamo al bar sul promontorio, visto che la stagione lo permette, in un orario in cui è poco frequentato. Ci beviamo un tè con tutta calma e guardiamo il mare."

"Il mare posso vederlo quanto mi pare e piace dal terrazzo di casa."

Aveva ricominciato a piangere. Le lettere scintillanti si mescolavano alle lacrime in una composizione meravigliosa. Mi incantavano. Provai tenerezza per la mia amica, imprigionata in una gabbia di tristezza al centro di un mondo così bello.

"Non dire così. Vedrai che ti tornerà il buonumore." Poi soggiunsi: "Non immaginavo che desiderassi così tanto una gravidanza. I figli costringono a stare spesso fuori casa, lo sai?

Lo so che sei un'esperta di esseri umani, vivi o morti che siano. Però, e perdonami se dico una cosa scontata, anzi talmente ovvia da risultare stupida, i bambini, salvo pochissimi casi davvero particolari, richiedono all'uomo e alla donna una tensione reciproca sia carnale che spirituale. Sì, esiste anche la fecondazione artificiale, che però necessita di una decisione comune. Lo sai, no, che si può vivere anche senza avere figli, se a dispetto dell'amore che si prova non si riesce a concepirne in modo naturale? Credo che nella situazione in cui ti trovi si debba dare la priorità alla tua serenità e tranquillità. Come dire… un bambino mi sembrerebbe quasi una terapia d'urto. E forse anche gli dèi la pensano come me".

Misuzu mi guardò dritto negli occhi e abbozzò un sorriso.

"Lo so anche troppo bene. Mi piace sentirmi dire dagli altri ciò di cui sono già consapevole. È come una ninna nanna. È che sono distrutta alle fondamenta. Per questo non ho mai desiderato avere bambini. Pensavo che io e Shō-*chan* saremmo andati avanti così, insieme, saremmo invecchiati per poi disperderci nell'universo.

Quando però ho immaginato di avere un bambino nella pancia ho iniziato a sognare. Negli ultimi tempi non facevo che immaginarci genitori. Ho creduto di poter cambiare. Le nuvole, le stelle, l'erba e la terra mi sorridevano. Non avevo mai vissuto un'esperienza simile. Mi sentivo come se la mia stessa vita fosse una benedizione. Era questo ciò che provavo. Anche se non avevo idea di come potessi essere rimasta incinta senza aver mai avuto rapporti sessuali."

"Ma quello è il punto di partenza! Come dire?... Insomma, ci possono essere anche altri modi, no? Si può estrarre il seme dall'uomo e poi impiantarlo, per esempio. Gli dici 'vieni un po' qua' e tiri fuori l'estrattore."

"Si può fare? Dici che Shō-*chan* non se la prenderebbe? Non è un po' troppo lontano dal 'concepimento' di cui parlavi poco fa?" domandò, confusa, Misuzu.

"A mali estremi, estremi rimedi."

"E ci sarà un modo per estrarlo senza che io debba metterci mano?"

La nostra conversazione riportò un bagliore nei suoi occhi, anzi, per un attimo, vedendola così determinata, mi chiesi con un filo di preoccupazione se non avesse davvero intenzione di mettere in pratica il mio suggerimento.

Scusa, guardiano, se escludiamo la parte che ti avrebbe dato piacere.

"Non è mica miele, dovrai rimboccarti le maniche. Secondo me è più veloce a farsi che a dirsi. Che ne pensi? Vai dal guardiano e glielo proponi. È lui l'esperto, ti saprà indicare il modo più pratico."

"Le confidenze femminili sono prive di filtri, eh?" disse Misuzu.

"Ormai questa conversazione ha raggiunto un livello superiore," scherzai.

Mi stavo chiedendo cosa c'entrassero quelle chiacchiere assurde con il tintinnio cristallino dell'acqua nella fontana quando una nube si addensò sopra le nostre teste e l'azzurro abbagliante del cielo si rovesciò dentro di noi. In fondo era di vita che parlavamo e fu come se i nostri cuori sconfinassero.

Poi seguimmo in silenzio il passaggio lento delle nubi e anche i nostri cuori si acquietarono.

Erano solo nubi che, inseguendo il vento, ci sfilavano davanti in mille forme diverse, ma quel semplice spettacolo offerto dalla terra aveva qualcosa di miracoloso.

E alla base di quella sensazione c'era la percezione di un respiro che abbraccia il mondo intero anziché di un tempo creato dall'uomo per isolarsi da tutti gli altri esseri viventi.

Misuzu borbottava come una bambina. Il ritmo delle sue parole era lo stesso del vento, e nonostante parlasse di cose tristi mi scaldò il cuore. Le lettere gocciolavano sulla schiena di Marceline e poi si dissolvevano. Come cristalli di neve.

"Lo so. Sono ancora giovane, certe cose è sufficiente che le desideri e potrei averle, inoltre ho la fortuna di avere accanto persone come te, con le quali posso parlare di tutto. E se ne sono consapevole è perché in passato ho sofferto. Ho sempre avuto amici, e anche persone di passaggio, che mi hanno prestato aiuto. E oggi sono in grado di mantenermi da sola grazie al mio lavoro. Ecco perché non voglio compiangermi, né parlare di traumi subiti o non subiti."

"Ma perché eri così convinta di essere incinta? Avevi qualche avvisaglia?"

Misuzu guardò il cielo, aveva gli occhi gonfi. Le parole caddero giù dalla sua bocca.

"Appunto... Era di questo che volevo parlarti."

Quando era tranquilla dava l'impressione di poter diventare madre in qualsiasi momento. Le sue esperienze erano insolite, ma tra le persone di mia conoscenza Misuzu era quella che rifletteva maggiormente sull'esistenza e sul senso della vita. Se avesse avuto figli, probabilmente se la sarebbe cavata meglio di quanto si potesse pensare. Aspettai che riprendesse a parlare. Senza forzarla, perché mi sembrava irrispettoso mostrarle curiosità.

"In questo periodo a casa mia c'è lo spirito di un bambino. Si manifesta la notte. Non sono in grado di vederlo. È un bimbo piccolo, perciò sono certa che non sia la Misuzu nera. Né è il fantasma di mio fratello, che veglia sempre su di me.

Gioca per tutta la notte, mi osserva, guarda fuori dalla finestra. Ecco perché ero sicura di avere un bambino in grembo.

Per qualche mese ho accarezzato l'idea di avere un figlio, ero convinta che quella presenza fosse un presagio. L'ho detto anche prima, ero davvero felice. Pensavo che non mi servisse nient'altro nella vita. Per la prima volta, da quando sono nata, ho sentito che non ero sola. Non puoi immaginare quanta forza mi desse il pensiero che, a ogni mio passo, quella creatura nella mia pancia camminasse insieme a me. Poche volte, nella mia vita, ho sentito che non ero materialmente sola in questo mondo folle, e non mi riferisco ad amici immaginari o uomini reali. Nei momenti di maggiore preoccupazione e paura non ho mai avuto nessuno accanto. Ho ripensato tante volte anche all'aspetto così grazioso del mio fratellino quando era appena nato. E mi sono detta che questo bambino non l'avrei lasciato morire.

E invece ieri notte mi sono venute le mestruazioni, e mi sono sentita triste e spenta al tempo stesso, e ho pianto, ho pianto; mi sono addormentata solo all'alba. L'anima di quel bambino non c'è più, mi sono detta, e proprio allora è apparso il solito spirito e si è messo a correre su e giù per la stanza. Non sapevo cosa fare. Mi sono chiesta se non fosse il caso di restituirlo al mondo di sopra. Però aveva l'aria di divertirsi così tanto che l'ho lasciato fare."

"Mi consultano spesso riguardo a convivenze con persone che sarebbe opportuno lasciar andare, ma un caso del genere non mi è mai capitato, non so proprio che dirti. Cos'è, una specie di spiritello?"

"Se stessi semplicemente coabitando con un sconosciuto fantasma bambino, arrivato approfittando del caos della mia presunta gravidanza, non ne sarei di certo contenta," disse Misuzu.

"Nessuno più di te può sapere se è una cosa positiva o negativa," scherzai.

"Innanzitutto sarebbe molto strano se una professionista come me commettesse un simile errore di valutazione. Ci credevo davvero. Ne ero felicissima, ero certa che l'anima di quella creatura che sarebbe arrivata a breve fosse venuta a trovarmi. Mi era già capitato di assistere a situazioni del genere, anche se riguardavano altri. Entità luccicanti che svolazzano nelle case che poco dopo avrebbero accolto neonati. Pensi che potrei fallire su una cosa come questa? Per il lavoro che faccio un errore del genere equivarrebbe a morire."

"Su questo hai ragione," dissi. Poi pronunciai parole inaspettate. "Sai, mi chiedo se questo non sia un piccolo miglioramento, nel senso che d'ora in avanti potrebbe non andare sempre così: magari azzeccherai le previsioni comunque, ma qualche volta ti capiterà anche di sbagliare."

Misuzu riprese all'istante la sua aria più professionale e mi guardò fisso. I suoi occhi erano limpidi. Le sue pupille sapevano vedere in profondità, in quel lago sotterraneo dove si incontrano le anime di tutti gli esseri umani.

"...sì, è la verità. Lo capisco. Ma perché?"

"L'ho detto, ma non lo so nemmeno io. Mi riferivo al bambino, forse? Credo che prima o poi lo capirai." Non mi feci troppi problemi a parlarle così. In fondo non avrebbe avuto senso mettersi a riflettere su cose che non sapevo.

"Già, la penso anch'io così. Ho fatto bene a parlartene. Mi sento più leggera. Non posso credere di essermi fatta carico di un peso simile. Prima non comprendevo perché le persone parlassero tra loro di cose così gravi, ma da quando conosco Shō-*chan* e te credo di esserci arrivata, finalmente. È un progresso. In fondo, se sono riuscita a sopravvivere fino a questo momento è solo grazie all'abilità di non dire mai ciò che penso," continuò Misuzu. Poi, tra le lacrime, aggiunse: "Per ora nel mio ventre non c'è nessuno. Per il momento non c'è altro che io debba sapere. Riguardo al bimbo fantasma, mi prenderò qualche altro giorno per decidere sul da farsi. È stato veramente un bel sogno, finché è durato. Ed è triste sapere che nella mia pancia non c'è anima viva. Quella presenza ha reso le mie convinzioni molto più intense".

"Se non ti fa male la pancia, che ne diresti di andare al bar sul promontorio? Possiamo andarci anche subito. Ti ci porto io. Ti aiuterà a svagarti. Come sei arrivata fin qui?"

"A piedi."

"Hai fatto parecchia strada. Ormai nessuno potrà considerarti una reclusa."

"Già. Adesso però sono stanca, quindi me ne torno a casa. Poi una volta ci andiamo, in quel bar. Senti, mi spiace chiedertelo, però non me la sento di camminare. Parlare con te mi ha tranquillizzato, mi sono rilassata e ho esaurito le energie. Potresti accompagnarmi in macchina?"

"Certo. Allora facciamo così: scendiamo giù fino al molo e poi risaliamo. Ti farà bene guardare il panorama."

Così dicendo, presi le chiavi della macchina.

Speravo che i riverberi di luce sulle onde attenuassero almeno un poco la sua tristezza.

Diedi un pezzo di biscotto a Marceline e gli dissi di tornare in casa, poi raccolsi le tazze da caffè e ci avviamo lentamente verso il parcheggio.

Salimmo in auto e, sorseggiando il caffè rimasto, seguimmo le curve della litoranea.

Sempre più a nord.

La piccola baia si trasformò in un bagliore lungo tutto il lato sinistro dell'auto a mano a mano che ci avvicinavamo al mare e la strada proseguiva sul litorale girando intorno all'uccello bianco scavato nella parete della montagna. Le montagne, con le loro superfici rocciose grigie e scoscese. Le file di barche, grandi e piccole, che si muovevano al largo.

Misuzu guardava fuori dal finestrino e ripeteva che era tutto bellissimo. Era assonnata. A un certo punto si addormentò profondamente.

Con le palpebre rosse e gonfie dal pianto, le mani appoggiate sulle cosce insieme alla tazza ormai vuota, la bocca aperta.

La luce del pomeriggio si riversò nell'abitacolo. Sembrava voler illuminare e guarire ogni sua cellula.

I suoi genitori non le erano stati di grande aiuto, in compenso la natura, capace di scaldarla con la sua luce così gentile, sarebbe stata sempre dalla sua parte.

Feci un'inversione a U davanti al parcheggio del bar e poi tornai indietro guidando piano. Riportai Misuzu a casa del guardiano cercando di fare meno rumore possibile, per preservare il suo sonno profondo e tanto desiderato.

Spensi il motore e la chiamai a bassa voce, lei aprì gli occhi di colpo. Poi capì che ero io, si tranquillizzò, si stropicciò gli occhi borbottando qualcosa, mi ringraziò e scese dall'auto, per poi entrare in casa senza voltarsi indietro.

Pensai che era proprio uguale a una bambina. Era tanto generosa quanto impenetrabile. Conoscevo fin troppo bene la triste verità: erano stati i traumi subiti a renderla così.

Non sapevo niente della sua vita. Ma ne percepivo le grandi difficoltà. Tra me e me le augurai la buonanotte, scusandomi di non poter fare altro per lei. Sperai che la vista del mare e della luce si insinuassero nei suoi sogni, e che l'indomani stesse almeno un po' meglio.

Seppi dall'abate che la sorella più grande delle due sensitive della Casa dell'arcobaleno era morta quando incontrai il guardiano al cimitero, quel pomeriggio; ci salutammo come sempre con il sorriso sulle labbra e, mentre eravamo alle prese con la pulizia delle tombe, non osai rivelargli né che Misuzu era stata a casa mia né che le erano venute le mestruazioni.

Quel lavoro di manutenzione riusciva a mettermi in contatto con la parte più profonda di me stessa; potevo andare avanti per ore senza annoiarmi mai, era come se stessi facendo ordine anche nei miei sentimenti.

Questo mio modo di pensare era la dimostrazione che ormai avevo ceduto completamente al fascino del cimitero.

Il frastuono delle auto e della gente fuori dal tempio si riduceva a un sottofondo, mentre all'interno regnava un silenzio ipnotico rotto soltanto dalle rare voci dei fedeli. Le nubi in cielo si sovrapponevano alle montagne formando nuove creste che sovrastavano il paesaggio. Quello spazio piano, privo di edifici alti, rifletteva con esattezza ogni movimento del sole. La luce si spostava illuminando le lapidi, che la restituivano sotto forma di bagliori armoniosi alternati a giochi di ombre.

Quando appresi la notizia dall'abate e seppi che la sepoltura aveva già avuto luogo, in forma riservata, mi chiesi se quella terribile sorella, dall'età indefinita e con i segni delle stelle sotto gli occhi, si trovasse ora tutta sola in quell'opulenta magione desolata in mezzo alle montagne.

Senza quelle due donne non sarei riuscita a ritrovare la mia famiglia. Se mi avevano assistito era stato solo per dovere – ero una cliente come gli altri –, ma rimaneva il fatto che senza il loro aiuto avrei perso mia madre e mia sorella. Una circostanza così triste che a malapena riuscivo a immaginarla.

Trovavo inquietanti quelle due sorelle, il solo contatto con loro mi faceva rabbrividire, come se mi stessero stritolando l'anima con dei lunghi artigli: se fosse stato possibile avrei preferito non averci niente a che fare, ciononostante provavo gratitudine nei loro confronti.

Forse è sempre così quando qualcuno ci salva la vita. Una persona dotata di capacità straordinarie e a noi inaccessibili, che non pensa certo di fare chissà che, eppure, dal nostro punto di vista, fa qualcosa di eccezionale: ci permette di continuare a vivere.

Capii che il genere umano è programmato per funzionare così e provai ammirazione per questa organizzazione perfetta.

Chissà se anch'io ne sarei stata capace. Mi sarebbe piaciuto esserne anche solo un piccolo ingranaggio. Salvare vite mentre svolgo un'azione semplice come fischiettare. Che bello, che meraviglia.

Ecco perché, seppure controvoglia, decisi di andare a portarle i miei omaggi.

"Guardiano, domani vorrei la giornata libera. E potresti prepararmi anche un bouquet? Te lo pago, ovviamente. Voglio portare dei fiori sulla tomba della sorella più grande della Casa dell'arcobaleno. Dev'essere imponente, perché quella donna ha vissuto una vita lunghissima. Ed elaborato, che si intoni con l'arredamento di casa sua, che è una specie di Reggia di Versailles."

"Va bene. Lo renderò ancora più voluminoso aggiungendo dei fiori anche da parte mia. Passa da me domani prima di mezzogiorno," rispose tenendo la sua scopa come il bizzarro vicino di casa dei Bakabon. Ero innamorata della sua generosità, anche se sapevo che se poteva permetterselo era per i lasciti dei genitori e dei nonni. Lo consideravo alla stregua di una pietra preziosa.

"Grazie. Lo trasporterò con cura, non temere. Mentre guido lo adagerò per bene sul sedile del passeggero."

Già mi immaginavo la scena.

Sapevo che sarebbe stato come avere a bordo un passeggero in carne e ossa.

E fu proprio così.

Appoggiai il bouquet sul sedile con entrambe le braccia, come se fosse un neonato.

Fu un viaggio felice, allietato dal profumo e dalla presenza di quei fiori.

Mi sembrava di essere in compagnia di una dolce fata. Avrei voluto rimanerci per sempre.

Forse la felicità non è altro che la somma di piccole gioie come quella.

I fiori però appassiscono, durano un attimo e poi via. È proprio vero che la felicità è tanto bella quanto effimera.

Continuavo a guidare immersa in questi pensieri.

La Casa dell'arcobaleno era circondata dalla vegetazione e versava in uno stato di parziale abbandono, come se ricevesse le minime cure indispensabili. Suonai il campanello e fu solo dopo un bel po' di tempo che si aprì, piano piano, il portone. La ragazza aveva l'aria calma di sempre. Le stelline erano svanite dal suo viso. Doveva esserci sicuramente un motivo. Mi invitò a entrare senza dire niente. Le consegnai i fiori e le porsi le mie condoglianze. Accennò un sorriso.

"Grazie per i fiori. Sono bellissimi. A mia sorella sarebbero piaciuti. Li ha preparati quel giovane che cura le tombe, non è vero? Con i suoi poteri speciali. C'è un criterio in questo mazzo di fiori. Come i *bonsai* che imitano la natura per celebrarla. Certo, quelli sono alberi e questi fiori."

In mezzo a tutti quei fiori sembrava ancora più piccola.

Il letto a baldacchino della sorella era già ricoperto di rose. Nel momento in cui aprì la porta si sprigionò un intenso profumo.

Ormai lei non giaceva più su quel letto. C'erano solo rose dai mille colori. Come il villaggio delle rose nel *Clan dei Poe*, i cui abitanti traggono energia vitale da quei fiori immersi nella nebbia.

E infatti il guardiano aveva composto il bouquet usando quasi esclusivamente rose.

Dalle nostre parti non ce n'erano di così belle, il che voleva dire che si era alzato presto per andare a procurarsele altrove. E poi rose selvatiche e qualche fiore di campo somigliante alle violette, ma di cui non conoscevo il nome. E foglie verdi di stagione con rami di acero.

La ragazza versò dell'acqua pulita in una specie di catino (uno di quei recipienti antichi che nei film vengono usati dai nobili come vasi da notte) e ci immerse i fiori che le avevo portato.

Osservai con stupore che quei gesti così banali stonavano con la sua figura.

Era talmente rigida da sembrare un burattino. Fui tentata di chiederle di lasciar fare a me. Impiegò tre minuti per compiere operazioni che io sarei riuscita a svolgere in cinquanta secondi. Osservandola in silenzio, però, sentii l'ansia acquietarsi e ritrovai la calma.

La guardavo animata da un profondo rispetto per quei suoi ritmi, avevo intuito che erano molto più importanti di quanto si potesse immaginare.

"Prendersi cura quotidianamente dei fiori, togliere quelli appassiti, risistemarli... sono operazioni che riescono a distrarmi. È proprio come quando mi prendevo cura di mia sorella."

Quindi versò un liquido di colore rosso brillante in un bicchiere sagomato, alla turca, e me lo mise davanti.

L'atmosfera era tale da farmi venire voglia di chiederle un consulto, ma ormai sua sorella non era più lì a fare previsioni. La sua assenza mi fece percepire quanto fosse forte, viceversa, la sua presenza, anche se era immobilizzata a letto e si limitava a emettere pochi versi incomprensibili. La stanza era silenziosa, l'aria sottile, non più satura di materia magica.

Diedi un sorso, era un tè all'ibisco ben raffreddato. Denso, delizioso, da far pensare che quella ragazza traesse unicamente da lì, ormai, tutte le energie di cui aveva bisogno, senza più mangiare niente. Percepii un lieve sentore dolce di quello che intuii essere miele. E doveva trattarsi di una varietà rara.

Riprese a parlare: “Lei è convinta che fossi io ad avere tutti i poteri, che mia sorella fosse una specie di figurante, non è così?”.

Era un po’ fiacca, ma conservava la solita espressione arrogante e altezzosa. Portava un abito lungo di leggera seta bianca e un cardigan nero. Ai piedi calzava solo delle pantofole delicate che lasciavano scoperte le sottili caviglie da bambina. Era di un altro mondo? Umana? Metà e metà? Ancora non riuscivo a capire quanti anni avesse. Non immaginavo che si potesse frequentare qualcuno senza conoscere particolari così importanti. La vita riserva continue sorprese.

“Niente di tutto ciò. Voi due siete state la mia salvezza. Quindi vi credo. Credo che sua sorella le abbia conferito una qualche forma di veggenza.”

“A scanso di equivoci ci tengo a dirle che mia sorella esisteva per davvero. Non ero io a proiettare su una persona addormentata, priva di conoscenza, i miei poteri. Per quanto lontana potesse essere mia sorella da me, riuscivo sempre ad avere da lei le informazioni che mi servivano. Era una forma di telepatia che esercitava soltanto con me. Poteva verificare di persona, per questo era sempre in grado di predire.

Ma ho anch’io dei poteri. Se le profezie di mia sorella fossero solo un’invenzione del mio subconscio, può star certa che lo saprei. Da qualche parte, nel profondo di me, sarei consapevole di aver creato qualcuno che non esiste. Mia sorella c’era. Era qui, ed era un essere umano. E poco tempo fa è morta.

Quella volta non siamo state noi a salvarla: è stata lei con le sue forze, insieme a quelle della sua coraggiosa sorella, a uscire vincente dalla situazione in cui vi trovavate. Noi ci siamo spinte fin dove era possibile e l’abbiamo aiutata a raccogliere le informazioni necessarie. E poi siamo state a guardare. Ma non come si guardano le immagini, diciamo piuttosto che abbiamo seguito delle presenze, dei flussi. E siamo state felici per voi. Né io né mia sorella siamo mai state persone particolarmente espansive, quindi non abbiamo fatto salti di gioia, ma eravamo felici. Anche se non lo diciamo apertamente, continuiamo a monitorare tutti i nostri clienti. Non vi spiamo, ci limitiamo a percepire le sensazioni. Il suo caso è stato uno di quelli che ci hanno fatto sentire fiere del nostro lavoro. Uno di quelli per cui vale la pena continuare a impegnarsi."

Sorrise.

"Senta, lo so che è una domanda un po' strana in questa circostanza, ma lei non è per caso un fantasma? L'ultima volta che ci siamo incontrate mi aveva detto: 'Quando mia sorella morirà, morirò anch'io insieme a lei'. Per questo sono venuta a trovarla. Ho pensato che forse non ci saremmo più riviste. E avrei perso ogni occasione di esprimerle la mia gratitudine. Vedo però che è ancora qui, ed è un sollievo."

Fece una risatina, poi rispose: "Nel momento in cui il corpo di mia sorella è svanito ho pensato sul serio che sarei morta anch'io, che sarei svanita insieme a lei. Perché è così, sa? La mattina seguente, mentre ero alle prese con i preparativi delle esequie, il suo corpo è svanito.

In quel momento ho capito che mi sarebbe toccata la stessa sorte, anche se non è ancora successo. Ma quando succederà non mi coglierà impreparata. In effetti nessuno di noi conosce con precisione i meccanismi alla base della vita, della morte, del sonno. Dipende anche dalla percentuale di sangue umano che circola nelle nostre vene.

E poi sono rimasti solo i suoi vestiti.

Privi persino di odore o fluidi corporei. Niente più dei bei vestiti che le avevo appena cambiato. Mi sarei accontentata di qualsiasi cosa, tracce di un'epistassi, urina. Qualsiasi residuo vitale che potesse testimoniare che mia sorella era esistita.

E così ho preso quei vestiti, sono andata al tempio e ho

pregato l'abate di metterli in una scatola, come se fosse una bara, e celebrare una piccola cerimonia funebre. Alla fine ho fatto incenerire la scatola e il suo contenuto.

È stato molto doloroso. Non avevo mai sofferto tanto in vita mia. Non immaginavo che la solitudine potesse fare così male. Anzi, avevo sempre pensato che sarei stata meglio da sola.

Ecco perché torno qui ogni giorno vicino a questo letto come se fosse una tomba: mi fa sentire meglio. Suppongo che con la morte mia sorella abbia trasferito in qualche modo a me i suoi poteri.

Non che lo desiderassi. Non intendo continuare a lavorare. Non ho la minima idea di cosa ne sarà di me in futuro. La mia vita, da questo momento in poi, è completamente ignota. Perché, come le ho detto, avevo sempre pensato che me ne sarei andata insieme a mia sorella. E invece, standomene qui a riordinare, a prendermi cura dei fiori, mi sono venute le vesciche sui palmi delle mani. Le ho schiacciate, mi hanno fatto male, ci ho messo un cerotto."

Mi mostrò le sue piccole mani, che ormai erano già tornate lisce e graziose. Poi riprese a parlare: "Il dolore è stato la prova tangibile che il mio corpo c'era ancora. E che sono ancora viva. Ogni mattina mi alzo e resto ore a guardare distrattamente il giorno che nasce fuori dalla finestra, la luce che illumina il mondo, il blu abbagliante del cielo, poi il rosa del pomeriggio e il buio che lentamente avvolge la mia casa, la luna sferica e brillante come una perla che attraversa la volta celeste.

Nei giorni di pioggia rimango a guardare le gocce che picchiettano contro i vetri fino a quando non fa buio. Sorseggiando tè per tutto il tempo.

Immagino che se potessi bere alcolici trascorrerei ore più allegre.

Oh, ma sto parlando troppo. È che sono ancora instabile, capisce? Per quanto mi sforzi di apparire lucida.

Non è male parlare con altre persone. Ho appena capito quale fosse la parte migliore del nostro lavoro. Le persone scoprono sé stesse attraverso il rapporto con gli altri".

Sorrise. Avevo sentito un'affermazione del genere poco tempo prima, mi dissi che ero felice di essere parte del grande ingranaggio della vita, di essere, con la mia sola esistenza, utile a qualcun altro.

Le domandai: "Non crede che potrebbe farcela anche da sola? Perché lasciare il lavoro?".

"Perché io non sono che un'interprete," rispose scuotendo lievemente il capo.

"E quindi ha perso la sua occupazione?"

"Preferisco dire che chiudo bottega, che mi ritiro a vita privata," scherzò. La stavo osservando nel privato, in una versione diversa da quella che avevo conosciuto in precedenza. Ma percepii comunque una certa determinazione.

Evidentemente la sua indole era rimasta intatta. Un radar silenzioso che ispeziona la situazione a trecentosessanta gradi; quando entri nel suo raggio d'azione ti cancella in un istante, ti elimina senza esitare, con facoltà percettive acutissime.

Perciò non mi lasciai intenerire e mi guardai bene dal pensare di cogliere l'occasione per diventare sua amica, ripromettendomi magari di tornare a farle visita.

Continuavo a trovarla inquietante. Lei come la sua casa. Già da un po' il mio corpo mi faceva capire che voleva andar via, e quella sensazione fisica non fece che confermare il mio disagio. Non era solo un'impressione. Quello in cui mi trovavo era un mondo a parte.

"A dire il vero sua sorella è venuta a dirmi addio. Mi ha visitato in sogno. O almeno così mi è sembrato. Ho scoperto solo allora la bellezza del suo carattere. E ho capito perché amasse così tanto quella parte di lei. L'avevo sempre considerata una signora immersa in un sonno perenne, invece era dotata di un'anima meravigliosa."

"Sa, mia sorella era contenta che lei e i suoi familiari foste venuti ad abitare qui. Avrà provato una sensazione, come dire, fresca, un sentore di menta."

"Ma se l'ho incontrata appena una volta! Piuttosto, voglio sperare che non abbia omesso di salutare lei, che le era così vicina."

"No certo. Alla fine mia sorella mi ha rivolto un ringraziamento incredibile. La mia anima si è come disciolta nella sua gratitudine, si è espansa, si è estesa fino alle stelle. Mi sento appagata. È per questo che riesco a sorridere sempre. E che vorrei restarmene qui, così, ancora per qualche tempo."

La ragazza sorrise nel grande cerchio luminoso della propria felicità, come se un angelo dietro di lei irradiasse la sua figura. Non era l'immagine di una persona sola e triste, ma quella di chi ha trovato la bellezza in fondo al dolore.

Era calma, appagata, amata, ed era questo a suscitare il suo sorriso, anche se ne era inconsapevole.

Mi sembrò un sorriso sinceramente vero.

"Oh! Ma c'è un bambino con lei. È dietro di lei, piccino, lo vedo. Non mi sembra il tipo da avere figli, però... Mah, comunque sia, al momento non vedo granché bene."

"Un bambino?"

Un attimo dopo aver pronunciato questa parola mi tornò alla mente la conversazione avuta con Misuzu.

"Forse si tratta del bambino che è casa di una mia amica. Una specie di fantasma, di spiritello."

I suoi occhi diventarono più limpidi. Gli stessi occhi di Misuzu. Capii che vedeva qualcosa. Stava usando l'istinto. Guardava con altri occhi. Sì, quella ragazza aveva dei poteri molto forti. Diversi da quelli della sorella.

Mi disse: "Sì, forse è anche quello. Le dirò esattamente

cosa ho percepito, senza ulteriori elaborazioni da parte della mente. A differenza di quanto avvenuto a me con mia sorella, lo spirito che protegge la sua amica è una sua ulteriore personalità. E lei, che è ancora molto ingenua, lo considera qualcosa di separato da sé, perché questo la fa sentire meno sola".

"Non sapevo che esistesse una tale distinzione tra divinità, spiriti e spiriti guardiani che possono comunicare quasi esclusivamente con noi. Non so se sia una mia idea del tutto arbitraria. La verità è che ho sempre pensato a queste entità come qualcosa di vago e mai definito."

La ragazza sorrise.

"In fondo in fondo è la stessa cosa. Tuttavia, nel dirlo, ci si scontra con il grande problema di ciò che distingue le persone le une dalle altre e del punto in cui le loro esistenze sono collegate, quindi questa distinzione è solo una questione di convenienza, come lo sono la consapevolezza e la capacità di intepretazione delle singole persone. È più facile supporre che ci sia un dio o uno spirito, perciò ne parlo come se ci fosse.

Una volta ho incontrato la sua amica. Era furiosa, soffiava come un gatto, se ne è andata via subito. Lei è dalla parte degli spiriti, noi siamo più vicine alle persone, e forse il principio di 'indifferenza' che mia sorella e io applicavamo agli spiriti non le andava a genio.

Per lei gli spiriti sono tutte creature piccole, sole e sfortunate. Compresa sé stessa. Ma la realtà è diversa.

Continuare a coltivare una simile convinzione potrebbe mettere a rischio la vita di chi lo fa, ma lei è dotata di intuito ed è riuscita a rientrare in carreggiata, sebbene solo per un pelo. E così continuerà a farcela anche in futuro.

È a causa di un'esperienza crudele vissuta da bambina che questa sua capacità, per così dire, si è risvegliata, se, cioè, è riuscita a scindere la sua personalità e a crearne un'altra distinta.

Non è dotata di poteri sin dalla nascita, come me e mia sorella. È quello il problema. Si tratta di uno di quei casi in cui i poteri sono collegati al dolore, per questo il suo lavoro non potrà mai liberarsi fino in fondo da questa sofferenza. Se provasse a riprendere il controllo su sé stessa, i suoi poteri rischierebbero di venir meno. Si ritroverebbe disoccupata. E lei ne è consapevole.

Lo diceva anche il famoso don Juan, lo sciamano yaqui. I bambini possono rubare frammenti delle nostre anime. È ciò che la sua amica, in cuor proprio, desidera. La sola cosa che la sua triste vita le ha dato è questa capacità di entrare in contatto con gli spiriti. E lei vuole tenersela ben stretta.

Non sappiamo cosa il destino abbia in serbo per lei. Possiamo solo stare a guardare. Questa piccola percentuale di incertezza è la nostra fortuna più grande.

Già, quella persona è come una bomba pronta a esplodere. Per sé e per gli altri. Vede, dare in prestito il proprio corpo non agli spiriti ma ai morti non è saggio. La nostra vita in un determinato momento è strettamente connessa alla nostra percezione di quello stesso momento.

Persino una come me ne è consapevole. Chiedo ai miei conoscenti nel quartiere di comprarmi lo stretto necessario in qualche supermercato sulla strada e me lo faccio consegnare, in modo da poter consumare cibo fresco. Alle pulizie pensa il robot. Uso, senza mai dimenticarmi di ringraziare le divinità della montagna e degli animali, bellissime saponette che gli abitanti dei dintorni producono dal grasso di cinghiali e cervi in sovrannumero rispetto alla sostenibilità del posto. A parte poco vino senza additivi, non consumo alcolici. Distillo i fiori del mio giardino e ne faccio dei cordiali che bevo allungandoli con acqua gassata. Anche il tè all'ibisco che le ho servito prima è preparato in questo modo.

Ed è bene che anche la sua amica, finché è in vita, nutra a dovere lo spirito e il corpo."

Mentre la ascoltavo pensavo che il rifiuto di Misuzu di incontrare le due sorelle era comprensibile. Lei ne era consapevole ma non riusciva ad affrontarle, e non voleva sentirselo ripetere.

Dissi: "Sono perfettamente d'accordo con lei. Ma è una mia amica e per il momento intendo assecondarla".

La sua espressione si addolcì in un sorriso.

"La gente di questo mondo è fatta così. Sanno di mettersi nei guai e ci si buttano comunque a capofitto. Trovo questo loro atteggiamento pericoloso e apprezzabile al tempo stesso."

La parola "guai" mi raggelò.

"Mi sembra che lei sappia molte cose. Perché allora non vuole continuare a lavorare?" domandai.

La ragazza fece un sorriso amaro. Così triste da stringermi il cuore.

"Come si dice? Brillare di luce riflessa? Una cosa del genere. Se uno non è in grado di fornire lo stesso servizio di prima, allora è meglio che si faccia da parte.

Vede, tra le cose che mia sorella mi raccontava ce n'erano alcune così dettagliate da superare ogni mia immaginazione. Poniamo il caso che arrivi qualcuno e che io la associ immediatamente all'area 'ovest' del paese. Mia sorella invece era capace di dire: 'Deve recarsi dai suoi parenti alle pendici del monte Ikoma, nella prefettura di Nara, e saldare il debito di quattro milioni di yen che suo padre ha contratto a sua insaputa con un uomo il cui cognome comincia per S. Se non dispone della somma completa può restituire almeno un milione. Ottocentomila è troppo poco. Così funzionerà'. Capisce? L'Ovest c'entrava, trattandosi di Nara, ma lei era a un altro livello. Purtroppo per me."

"Be', in effetti c'è una bella differenza. Però rimane il fatto che anche lei è dotata di un potere, questo non può negarlo. Ed è un potere che supera quelli di qualsiasi comune sensitivo, no?"

Sebbene non sembrasse mai in grado di comunicare con me – oltretutto non dava neanche l'impressione di essere cosciente – comprendevo fin troppo bene quella parte di lei che era identica a quella di mia madre negli anni in cui era rimasta addormentata: era insostituibile e, anche se dormiva, anche se fosse morta, l'avrei voluta comunque al mio fianco.

Ciò che temevo di più, allora, era che arrivasse il giorno in cui mi sarei resa conto che mia madre, stesa su quel letto d'ospedale, non respirava più. Ora è a malapena viva, mi ripetevo, non sarebbe stato un gran cambiamento, ma non avevo idea di come avremmo potuto rialzarci dopo un evento del genere.

Ero riuscita a riavere mia madre grazie al sacrificio di Kodachi, ma mi sarei potuta ritrovare anch'io tutta sola dall'oggi al domani.

Quella ragazza, che non invidiava la mia fortuna, mi diede una lezione di grazia.

"Non voglio fornire consulenze di qualità inferiore. Ora come ora sono una specie di fantasma, potrei sparire anche domani, quindi per un po' preferisco prendere le cose come vengono. Magari mi guardo qualche vecchio film."

Mi lasciai sfuggire: "...che diavolo di film potranno mai interessarle tanto?".

"Uno che continuo a rivedere è *Matrix* e tutta la sua serie. Mi piace Keanu Reeves," esclamò tutta sorridente.

Ma pensa... Un film più recente di quanto immaginassi. A occhio e croce mi sembrava il tipo da classici del tipo *Amanti perduti*, *La dolce vita*, *La strada* o *Arancia meccanica*.

I miei sensi erano come assopiti dall'odore intenso delle rose e avevo l'impressione di star diventando tutt'uno con l'aria. Trasparente, fino a fondermi con l'odore e con quel luogo nella sua interezza.

"Capisco. E se facesse coppia con Misuzu?" ribattei ridendo, consapevole che sarebbe stato del tutto impossibile.

"Ci somigliamo ma non andremmo d'accordo. Finiremmo per stressarci a vicenda. Piuttosto, perché non si mette a fare lei la sensitiva, Mimi? Una sensitiva attiva. Certo però che la zona è già satura di sensitivi e medium. Dovremo litigarci i clienti."

Accennò una risata. Poi disse: "Se non svanisco, magari ci facciamo un pensierino. Al mio futuro e a quello della sua amica. Sa quanto me fino a che punto la nostra sensibilità possa ridurci in solitudine. E io desidero che stia bene".

Mi ricordai della presenza di quella sorella che avevo visto in sogno, una presenza rinfrescante. Era davvero lì, quello spirito c'era allora e forse c'era ancora.

Non avevo più alcun dubbio. La ragazza non stava mentendo. Sua sorella lavorava davvero in quel luogo. Ed era questo a consentirle di andare avanti.

Proprio come la presenza di nostra madre, che non faceva altro che dormire, lo consentiva a me e mia sorella.

Mi dissi che era giusto rilassarsi, cercare di essere un po' più felici.

La mia antica determinazione non aveva ancora abbandonato il mio corpo.

Una paura profonda, non un semplice timore, si era impossessata di me.

Mi chiesi quanto tempo ci sarebbe voluto prima che potessi raggiungere un livello di tranquillità anche solo parziale. Forse una vita. Ma non avrei rinunciato alla felicità.

Dopo l'incontro con la ragazza, feci un sogno tremendamente triste.

Qualcosa mi angustiava, mi perseguitava, e a forza di scappare mi ero ritrovata alla Casa dell'arcobaleno. Sognai il cielo già scuro della sera. Nella realtà sarebbe stato impossibile arrivare fin laggiù senza auto, ma i sogni sono sogni.

E così mi ero trovata davanti a quella casa con il fiato corto.

Dal portone socchiuso filtrava una luce. Mi sembrò di sentire un rumore, quindi aprii piano ed entrai.

Nella sala non trovai nessuno. Il letto a baldacchino dell'anziana sorella era ancora lì. Anche le rose erano al loro posto. Come il loro profumo, lo stesso che avevo sentito nella realtà.

Seguendo il rumore mi affacciai in una stanza buia, dove notai una luce intermittente: un televisore acceso che trasmetteva *Matrix* a basso volume. Un giovane Keanu Reeves vestiva i panni scuri di Neo.

Non c'era più nessuno. Capii che in quella casa, ormai, non c'era più nessuno.

Su un tavolino era appoggiata una tazza con del tè nero. Lei però non c'era. Vidi soltanto un abito di seta leggera, probabilmente suo, abbandonato su una sedia. Era svanita.

Mi sentii triste, fu come se una delle luci della città si fosse spenta per sempre. Come se qualcosa, nelle profondità del mio animo, qualcosa per me molto importante, si fosse esaurito.

Non c'era nulla che mi legasse a quella persona, tuttavia mi resi conto di averla a cuore per tutto l'aiuto che mi aveva dato.

Eri inquietante ma mi hai dato tanto e te ne sono grata.

Aprii gli occhi e con stupore mi accorsi che stavo piangendo.

Amavo così tanto la vita da commuovermi di fronte alla solitudine di una persona bizzarra come quella.

"Vuol dire che è possibile morire così, semplicemente sparendo? È un rischio che per caso ha corso anche mia madre?"

Prima del turno di lavoro incontrai l'abate davanti al padiglione del tempio e ne approfittai per fargli qualche domanda riguardo alla morte dell'indovina.

Con la sua solita stazza imponente e la barba era difficile non collegarlo a Isamu. La sua voce stentorea scandiva ogni sillaba. E il risultato era che il suo giapponese mi sembrava quasi una lingua straniera. In quel posto c'erano diverse persone "leggermente atipiche". Avevo sempre la sensazione di trovarmi nel manga *21emon*. Racconta di un hotel sgangherato che ospita gli alieni più strambi. Ciascuno ha le proprie usanze e ogni divergenza si trasforma in una lite furibonda.

La risposta dell'abate non si fece attendere. Indossava gli abiti da lavoro e teneva in mano lo strofinaccio con cui stava spolverando.

"Ho sentito dire che quando si vive troppo a lungo si può morire anche così. Nessuno conosce la vera età di quelle due sorelle. La minore dice di non avere poteri, ma a mio avviso mente. Probabilmente le è passata la voglia di lavorare, adesso che la sorella non c'è più. Da lavori del genere non ci si ritira facilmente, è complicato. Si rischia di portare allo scoperto la parte più oscura della città. È da lavori come quello che dipende la sopravvivenza della nostra città."

"Quindi mi sta dicendo che le persone dell'altro mondo, i purosangue, possono morire anche così?" gli domandai. Il pensiero che, al termine del suo lungo sonno, mia madre sarebbe anche potuta svanire in quel modo mi diede i brividi.

"Mah, per quanto ne so resta sempre un corpo, si celebrano i funerali e poi avviene la cremazione," replicò l'abate. "Ma forse, con una professione così insolita, anche quello dipende da quanto ci crede la persona interessata."

"Quindi nessuno di noi può sapere cosa gli succederà."

Ero incredula. Così come Kodachi era sparita, finita in un altro mondo e poi ricomparsa, sarebbe potuta accadere qualsiasi altra cosa e non avrei avuto modo di prevederlo.

"Prova a rifletterci. Ci sono tante cose che non sappiamo:

che fine fanno i bambini nati per clonazione? Qual è la loro aspettativa di vita? A quali cambiamenti fisici vanno incontro se vivono su un altro pianeta? E invece, contrariamente agli sviluppi fantascientifici che possiamo immaginare, si pensa che, al netto di qualche differenza effettiva nell'aspettativa di vita, la maggior parte di loro nasce e muore come tutti noi.

Allo stesso modo, è impossibile prevedere quali creature nasceranno dall'unione di individui separati da dimensioni e mondi. Ci saranno differenze individuali, oltre che problemi genetici. Oltretutto è un fenomeno riguardo al quale manca una memoria storica e quindi anche poco studiato. Giusto qualche ricerca nelle quali le si presenta come una sorta di etnia rara. I Kanaama, che adesso sono diventati tuoi parenti, per un certo periodo hanno finanziato degli studi, ma la popolazione non voleva che si rispolverassero vecchi tabù e si è opposta fermamente; alla fine non si è arrivati quasi a nulla mi pare, no?

I morti non sono certo un'attrazione turistica e a vederli ridotti in quello stato preferiscono tutti escludere la possibilità che si tratti dei propri antenati. I dati, però, sono stati raccolti, e in grande quantità.

La storia che in un passato lontano c'era un angolo del Giappone collegato a un'altra dimensione e che le persone andavano e venivano da una all'altra può andare bene finché la si considera una leggenda, ma inizia a fare impressione quando si pensa che potrebbe essere vera, e allora la si rifiuta. In buona sostanza, voglio dire che non c'è nessuno interessato a saperne di più."

In effetti, fino a quando un fenomeno non comporta gravi danni o non influisce sulla vita della comunità, è comprensibile che le persone preferiscano considerarlo una leggenda o una sorta di malattia endemica limitata a un singolo luogo o etnia.

Né deve sorprenderci se le persone i cui familiari sono

coinvolti nella faccenda si sforzano di pensare, come si fa con i vampiri, che "sì, una volta era così, ma sono storie ormai morte e sepolte", piuttosto che destare scalpore, col rischio di diventare il bersaglio di una nuova caccia alle streghe.

Era questo il sentire comune a Fukiage, che è anche il motivo per cui sembrava sempre di trovarsi in un sogno strano in stile *21emon*.

Pensai però – benché fossi forse l'ultima al mondo a poterlo fare – che quel sogno tutto sommato mi piaceva. Vedere persone così diverse che vivevano fianco a fianco era per me motivo di continua emozione. L'abate aveva braccia irsute quanto quelle di Isamu. E sentivo la freschezza delle foglie al vento, una sensazione che non apparteneva a questo mondo.

"Da un po' di tempo a questa parte i morti sono diminuiti drasticamente. Forse si sono decomposti tutti," disse il guardiano imbracciando la scopa e con il viso verso l'alto, come se volesse saggiare il vento.

"Che cosa? Ma se erano in giro già dal periodo Edo!"*

Chissà perché lavare le lapidi mi procurava quella sensazione di sollievo. Per me era come bere un bicchier d'acqua, una sensazione corroborante per il corpo e per lo spirito.

"Mah, non mi sono mai sembrati infiniti. È un po' che non ne vedo. Ogni tanto mi capita di sentirne l'odore. Ho trovato un cadavere rinsecchito e l'ho seppellito."

"Potrebbe esserci un collegamento con la morte della vecchia indovina?"

"Forse sì, anche se solo parziale. Penso che a breve ci ricorderemo dei nostri frequenti incontri con quegli esseri viventi... Be', essendo morti non è del tutto corretto definirli

* 1600-1868. [*N.d.T.*]

'esseri viventi', ma capisci cosa intendo... Insomma, fra un po' ci sembrerà tutto un sogno."

"È un peccato però, cominciavo ad accarezzare l'idea di farmeli amici e usarli per la pulizia delle tombe. Ripensandoci, con quelli lì è impossibile prevedere quando potrebbero cambiare atteggiamento e attaccarci, quindi è meglio se sono spariti."

Il ricordo di come l'odore di quegli esseri mi fosse rimasto addosso quando uno di loro aveva tentato di soffocarmi spense in me ogni barlume di sentimentalismo. Di tanto in tanto raccoglievo il cibo lasciato sulle tombe come offerta perché lo mangiassero loro, ma lo consideravo parte delle mie mansioni, in cui rientravano lo smaltimento e il riciclaggio dei rifiuti, non lo facevo di certo per affetto. Del resto nemmeno loro avevano mai manifestato attaccamento nei miei confronti.

"Non penso che siano spariti, ma è come se si fossero consumati quasi tutti nello stesso lasso di tempo. Per questo ogni tanto arrivano zaffate d'aria maleodorante," disse il guardiano.

"A furia di stare in mezzo a questi fenomeni inspiegabili si finisce per pensare che non possiamo fare altro che vivere, perché sul resto non abbiamo alcun controllo." Riflettei. "Hai pranzato? Andiamo a mangiare un paio di *onigiri* al santuario vicino al molo? Credo di averne preparati un po' troppi per me sola."

"Evviva!"

Eravamo soliti pranzare in fretta e furia nel tempio quando ormai era già pomeriggio, mentre quella volta prendemmo l'auto e scendemmo fino al molo.

Dopo aver parcheggiato, il guardiano e io andammo a sederci uno accanto all'altra su una panchina rivolta verso il mare, e cominciammo a mangiare i nostri *onigiri*.

Non era il mare che si vede da lontano, era proprio lì, incombeva su di noi, traboccante di luce. Ci raggiungeva il profumo delle onde. Un odore dolce e salato al tempo stesso, capace di risvegliare i sensi, mescolato anche a quello dei pesci, delle esche, delle reti. La salinità dell'*onigiri* e dell'alga che lo teneva insieme era così perfetta che senza accorgercene emettevamo gemiti di piacere.

Il guardiano disse: "Questo posto è impossibile da capire fino in fondo, perché alla strana storia che supponiamo abbia se ne sovrappone un'altra, quella reale. È troppo... denso".

"Già, 'denso' dà proprio l'idea di cosa sia questo posto."

Dopo mangiato bevemmo il caffè che avevo portato nel thermos e ce ne restammo seduti a guardare le onde luccicanti del mare. Solo il mare si muoveva, come se fosse un video proiettato in mezzo a un paesaggio immobile. Poi c'era il molo in un pomeriggio pigro, statico, dove non si percepiva alcuna presenza umana oltre a noi. I pescherecci riposavano in porto dopo la pesca mattutina, le reti erano stese ad asciugare al sole.

Con un paio di forbici il guardiano tagliò rapidamente alcuni fiori gialli del tutto anonimi che crescevano lì intorno e li mise in un secchio che aveva portato con sé. Erano davvero stupendi nelle sue mani.

Proprio accanto al porto, c'era una bellissima cavità che sembrava una grotta, sebbene guardando meglio si capisse che era artificiale. Ne parlammo a lungo.

Il guardiano mi disse che lì, durante la guerra, era stato nascosto un sottomarino per le unità di attacco speciale, mentre adesso il luogo somigliava a una grotta naturale con reti, galleggianti e banchi da lavoro mezzi marci in quello che era diventato una specie di deposito dei pescatori.

In passato, stando a quanto si tramanda, alle sue spalle c'era un punto che conduceva all'altro mondo, ma ora era bloccato con delle pietre. Il libro di storia locale nella biblioteca di Isamu conteneva anche un resoconto di questa vicenda. Era stato lo stesso Isamu a parlarmene.

Alla fine la guerra si concluse senza che la nave dell'unità speciale salpasse, ma mi chiesi come doveva essere stato quel breve viaggio di poche centinaia di metri fino al porto per andare a morire. Giovani che si sentivano pronti a sfidare la morte per proteggere le loro famiglie e la loro città natale.

Le emozioni di quel tempo perduto sembravano molto più crude nell'immobilità del porto in quel pomeriggio di quiete.

Ovunque nel mondo esistono luoghi in cui la storia ha lasciato delle tracce, anche se non del tutto visibili. Vicende che nei libri di scuola occupano una riga o poco più ma che hanno sconvolto tante persone, decidendone la vita o la morte. Forti di qualcosa che oggi è stato rimpiazzato dal denaro, quindi è divenuto virtuale, ma che una volta equivaleva al concetto di territorio.

Noi liquidiamo come un'idea terribile quella di chi ritiene di poter fare buon uso dei cadaveri, anche se appartenente a un'epoca di scarso progresso tecnologico, ma possiamo immaginare che, dal punto di vista di persone provenienti da altri mondi, i terrestri che combattevano ed espandevano il loro territorio con la violenza, senza confrontarsi, potessero apparire molto più barbarici.

"Se esistono modi diversi di pensare e non c'è un'unica risposta giusta, tutto ciò che possiamo fare è vivere secondo il nostro senso morale e apprezzare la vita che ha determinato per noi," pensavo mentre il mio sguardo oscillava tra la cavità buia e il molo abbagliante.

È certamente crudele spostare e utilizzare persone defunte, ma è altrettanto crudele ideare armi non controllate a distanza bensì guidate da esseri umani solo per causare morte: e oggi che viviamo in un'epoca in cui la tecnologia può risolvere entrambi i problemi, si uccidono ancora persone su questo pianeta per interessi concorrenti, solo di tipo diverso.

In effetti era inevitabile che gli scrittori di tutto il mondo esprimessero un qualche punto di vista sulla crudeltà.

"Come sta Misuzu?"

"Persa nel suo mondo interiore, come al solito."

Andava bene, poteva vivere anche così. Se fossi riuscita a tenere dentro di me questo pensiero, a non lasciarmelo mai sfuggire, sapevo che lei avrebbe recepito il messaggio. E forse la sua vita sarebbe in parte cambiata.

Il segreto era non avere alcuna aspettativa, in particolare nemmeno di piacerle; si doveva solo fare in modo di trovarsi lì, come per caso. Il guardiano e io avevamo esattamente lo stesso atteggiamento riguardo al modo di rapportarci con lei. Entrambi sapevamo d'istinto che era questa la posizione in cui volevamo trovarci. Credo che una cosa di questo genere possa definirsi una forma d'amore. Non trattenere, non allontanare, non usare i guanti di velluto, non metterci il cuore, ma semplicemente esserci.

"A volte mi chiedo come sarebbe stata se non fosse nata in quell'ambiente," disse il guardiano.

"E, in tal caso, mi chiedo se una persona così bella e innocente si sarebbe innamorata lo stesso di me. Mi sento quasi in colpa per il sollievo che provo quando ci penso, un po' mi pare ingiusto e un po' ne sono felice: una sensazione agrodolce.

E poi penso spesso a quello che diceva mia nonna. All'epoca c'era un altro ristorante taiwanese in città, ma la qualità dei nostri piatti e la bravura di mia nonna erano innegabili al punto che quel posto perse tutti i clienti. Quando se ne andò, la proprietaria ci disse: 'Odierò te e la tua progenie per il resto della mia vita, ti odierò fino all'ultima generazione'. Naturalmente la nonna, che era una persona forte, non se la prese affatto, pensava solo: 'Bisogna essere persone assurde per dire cose tanto assurde a degli estranei'. Temo che persone così non scompariranno mai dalla faccia della terra."

Io annuii, poi replicai: "Sì, credo che in fondo sia nella natura umana. Personalmente non faccio eccezione, anzi. Per questo cerco di alimentare l'altra parte di me. Semplicemente perché non mi fa sentire bene lasciar trapelare certi aspetti del mio carattere".

A volte mi capitava di vagare nei cimiteri di altri templi in risposta a una sorta di senso di autodifesa professionale.

Alcune tombe erano in stato di degrado, con gli angoli che cadevano a pezzi, altre non avevano più visitatori e recavano un cartello che annunciava che sarebbero state presto rimosse, altre ancora ospitavano vasi vuoti o con fiori appassiti, offerti ormai molto tempo addietro.

Era uno stato di cose inevitabile e si percepiva il passare del tempo come parte integrante del corso della natura.

Le persone muoiono, le persone intorno a loro a poco a poco le dimenticano, poi ne muoiono altre, e quando i parenti le seppelliscono si ricordano di quelle che sono morte precedentemente. Le tombe, allora, alternano periodi di bellezza a fasi di decadenza. Quando tutte le persone di una determinata generazione saranno morte, non tornerà indietro più nessuno. È un ciclo normalissimo a cui niente e nessuno può opporsi.

Ma nel tempio del guardiano questo non accadeva.

Il guardiano teneva il tempio come si tiene un giardino all'inglese.

Vedevo che per lui le lapidi erano come un giardino per il giardiniere.

Persino io, che non amavo molto le cose artificiali e riuscivo a trovare la bellezza in ciò che appare degradato, apprezzavo il modo in cui assecondava il corso della natura, del polline in primavera, della luce del sole in estate, delle tante foglie che cadevano in autunno, del vento gelido in inverno. Di tutte queste cose teneva conto nel modo più giusto, se ne preoccupava ma senza calcolarne né trascurarne il peso oltre il dovuto. Era meticoloso e mi faceva pensare, proprio come facevo davanti ai suoi bouquet: "Se osa così tanto, allora vuol dire che è possibile".

Mi piacevano i fiori di campo e i boschi fitti fitti. Mi facevano percepire l'imponderabile.

La tecnica del guardiano, però, era una forma d'arte, e in quanto tale la apprezzavo.

Senza aggiungere troppo, senza sottrarre troppo, senza smanie di protagonismo, confrontandosi con la parte più profonda di sé, continua a curare le sue tombe. La scena che si crea, in maniera del tutto naturale, attraverso l'accumulo di questi elementi trasmette sensazioni tutto sommato positive e pure molto simili a quelle di una ragnatela o di un formicaio costruiti con costanza e cresciuti fino a raggiungere dimensioni grandiose, incapaci tuttavia di scioccarci più di tanto anche qualora venissero distrutti in pochi istanti.

Così come i frammenti di diari di persone già morte rimangono nel mondo di internet, le tombe, per il solo fatto di essere lì, riflettono la condizione delle persone che le curano.

L'aspetto di una tomba curata, adesso, dava anche a me un po' di conforto.

Quando ero a Tōkyō, mi arrivavano così tante informazioni che mi sembrava che il tempo della mia giornata fosse frammentato e scollegato sia dal futuro che dal passato. Inoltre, le preghiere e le preoccupazioni per mia madre erano sempre presenti nella mia mente, i miei nervi sempre tesi.

Adesso invece, anche quando guardo una semplice lapide o un singolo fiore di crisantemo, magari quelli chiamati "spray" che si vedono spesso sulle tombe, sono in grado di percepire il senso di sedimentazione infinita della grande storia della mia vita. La lapide non ha il peso dei ricordi, ma le varie scene di crisantemi, l'estensione stessa delle loro vite, stratificate l'una sull'altra, arricchiscono e costruiscono la me del presente.

Tutto nel mondo è collegato alla memoria che ci fa percepire l'anima delle cose più che le cose stesse.

Credo che questo sia ciò che comunemente chiamiamo "salute". La salute è sempre e comunque una questione di accrescimento.

Non era insolito che io e Masami uscissimo insieme per le consegne.

Sapevamo come compensarci l'un l'altra, eravamo rapide, secondo me formavamo un'ottima coppia.

Ero abituata a consegnare i pranzi di mia madre e a trasportare i fiori del guardiano, quindi per me era un lavoro supplementare da autista, e atletica com'ero non mi dispiaceva affatto. Ero brava a parcheggiare, amavo caricare e scaricare con cura oggetti delicati, ascoltare la musica mentre guidavo. Mia madre era una strana creatura e non riuscivo a immaginare come sarebbe invecchiata, ma una cosa era sicura, con buona pace di Kodama e gli altri: si avviava verso la terza età. Sia Kodama sia Masami erano in grado di guidare, ma a me faceva piacere dar loro una mano. Ricambiare quanto avevano fatto per noi. Mi sentivo fortunata, felice. Era come se una specie di autorealizzazione arrivasse in modo spontaneo, senza che mi sforzassi di raggiungerla.

Quel giorno ci aspettava una delle tante, e da qualche tempo in numero crescente, vecchine che vivevano sole.

Masami e io uscimmo al tramonto e guidammo all'incirca per venti minuti. Il paesaggio intorno a noi si scuriva sempre di più. Il profilo dei palazzi e delle nubi si sovrapponeva all'arancione scuro del cielo in lontananza come un gioco d'ombre.

Me la sarei cavata benissimo anche da sola, ma la vecchina era una cliente di lunga data e Masami ci teneva a salutarla.

Infilammo nei sacchetti una confezione regalo, l'ordine personale della signora, cioè della confettura di pesche noci cui avevamo aggiunto delle altre pesche in omaggio, e li sistemammo sul sedile posteriore dell'auto. La distanza era minima, perciò non era necessario metterli nelle borse termiche. Masami salì in macchina con indosso il grembiule e la trovai davvero dolce.

"Vorrei una confezione regalo per i miei nipoti e delle confetture di stagione per me, solo che non me la sento di arrivare a piedi fino al negozio; sarebbe possibile una consegna a domicilio?" aveva chiesto la signora, e siccome eravamo lì abbiamo deciso di andarci subito.

In effetti la signora abitava in un luogo un po' fuori mano e, anche se c'erano delle case, la strada era stretta e non consentiva il transito degli autobus. Venire in centro solo per comprare delle confetture non doveva essere affatto una cosa semplice.

Parcheggiammo davanti a casa sua e suonammo il campanello. Nel giardino immerso nel buio riuscii a distinguere le sagome delle piante cui la signora si dedicava con amore. Le foglie di agave si intrecciavano come in una giungla e le loro ombre sembravano dinosauri.

La signora si affacciò da quell'ingresso che in decine di anni non era cambiato di una virgola.

Le porgemmo il sacchetto con la confezione regalo e prendemmo i soldi. Mentre Masami e la vecchina parlavano di acciacchi vari, io aspettavo in piedi accanto all'auto.

La signora sembrava loquace e borbottava che le facevano male le gambe e la schiena, che aveva la pressione alta e la pensione bassa, e tante altre cose ancora. Incapace di contrastarla, Masami la lasciava parlare continuando a incoraggiarla con tono allegro. La vecchina, felice che qualcuno la stesse a sentire, cominciò a infondere nelle sue lamentele una sfumatura di distensione.

Quell'incontro di voci così delicate fu assorbito dalla strada prossima alla sera. Lamenti, parole di conforto e altre dette per gioco erano solo onde sonore. Così era la vita. Chi non è in forma può solo star peggio nel sentire gli altri che si lamentano. Ma quando la macchina funziona alla perfezione possiamo permetterci una certa leggerezza. Basta che il cielo sia sereno e le stelle ben visibili.

Quando sentii Masami dire: "Alla prossima, allora", salii in auto prima di lei, aspettai che mi raggiungesse e insieme uscimmo da quella stradina.

Le consegne, con ogni probabilità, erano destinate ad aumentare. In città c'erano pochi giovani, mentre gli anziani erano tantissimi. Qualcuno avrebbe approfittato della nostra disponibilità per chiederci, magari, di gettare i rifiuti al posto suo o fare qualche acquisto. Ma forse sarebbero aumentati anche i giovani come noi, alle prese con vite apparentemente inconcludenti, che cercavano di dare il loro contributo senza strafare, senza invadere gli spazi altrui.

Fukiage mi piaceva sempre di più.

Grazie ai mazzetti di fiori del guardiano.

Grazie a quella prospettiva particolare che mi faceva sentire costantemente in viaggio, alla ricerca di un luogo sacro.

Il guardiano operava all'interno di paesaggi e non lasciava mai i suoi bouquet davanti alle abitazioni delle persone buone. Li disponeva nei punti in cui si verificavano coincidenze fortunate, oppure in quelli dove erano avvenuti eventi infausti. Erano quelli i posti giusti. Per lui la città poteva esistere solo come parte della natura. Non c'era spazio per i sentimenti. Il risultato, tuttavia, era che gli abitanti della città ne traevano buonumore. E lui non si permetteva mai di giudicarli.

I fari dell'auto illuminavano la strada. Ero sollevata di essere riuscita a evitare una buca a bordo strada, era buio pesto e cercavo di guidare con la massima attenzione.

In un vicoletto a ridosso della strada principale, i fari illuminarono un corpo, come capita a volte con i cinghiali. Il suo viso, piccolo e rugoso, era rivolto verso di noi, gli occhi brillavano. Decelerai e si dileguò.

"Cavoli, mi è preso un colpo!" esclamai. "Il guardiano ha detto che non se ne vedono più in giro, invece ci sono ancora. Non so se debba sentirmi a disagio o sollevata. Con quali artifici riescono a conservare corpi come quello? Se Isamu riuscisse a venirne a capo, il Premio Nobel non glielo toglierebbe nessuno."

"Credo... di non avere mai visto niente del genere," disse sgranando gli occhi Masami, che fino ad allora non aveva aperto bocca, mentre io parlavo di morti viventi come se fosse la cosa più normale del mondo. Poi aggiunse: "E non solo, ho l'impressione che quello fosse imparentato con Nakamura. Me ne hanno parlato da piccola. Pare che la nonna di Nakamura fosse sorella della nostra. L'avevano sotterrata ma il cadavere è sparito. Mi è sembrato di cogliere una somiglianza con il viso di Nakamura. Non dirgli che te l'ho detto, ma era una specie di Nakamura con la testa rimpicciolita. Quindi è ancora in giro dopo tutto questo tempo".

"Prima mi immaginavo una specie di mostro o di uomo delle nevi, invece adesso credo che si tratti davvero di gente venuta dal passato. Che nel passato ha vissuto una vita normale. È una cosa molto triste."

Parlare mentre si guida è un po' come parlare in sogno, forse perché la nostra attenzione è sempre per metà concentrata su qualcos'altro. E allora si fanno mille pensieri. Qualcuno che nel passato ha vissuto una vita normale, circondato da familiari e amici. E i cui discendenti si mescolavano ancora agli abitanti della città. Incredibile.

"Per i Nakamura è una storia a metà tra la leggenda e il

tabù. Una cosa del genere. Loro le portavano continuamente offerte. Evidentemente hanno funzionato. Buon per loro, se è così."

Masami accennò una risata.

Capivo perfettamente la sua agitazione: a differenza di cinghiali, cervi e procioni, non capita tutti i giorni di vedere un cadavere.

Quell'incontro spaventò anche me, perché risvegliò il ricordo di quando uno di loro aveva tentato di strangolarmi. Ancora non capivo se fossero creature simili ai robot, ai morti viventi o a qualche esperimento biotecnologico. Dovevo raccontare tutto a Isamu, lui avrebbe saputo darmi qualche spiegazione.

Quello era un caso estremo, ma riflettendoci credo che in una certa misura noi tutti siamo in grado, e molto più di quanto immagineremmo, di abituarci a creature di diversa natura e a convivere con loro. Lungo le strade di quella città di mare si vedevano spesso i granchi, per esempio, ma gli abitanti di Tōkyō trovavano la cosa bizzarra. In India, per le strade ci sono le mucche. In Florida si trovano alligatori da tutte le parti. Nelle piantagioni del Sud America ci sono giganteschi formicai. Sappiamo che esistono, ma vedendoli per la prima volta rimaniamo di stucco. Poi ci facciamo l'abitudine, ne prendiamo atto e ci regoliamo di conseguenza. È una delle caratteristiche più straordinarie del genere umano.

A poco a poco i negozi e le strade si moltiplicarono e le luci della città si riversarono nell'auto, permettendomi di vedere meglio il volto di Masami, che mi sedeva accanto. Il volto di colei che, durante l'assenza di nostra madre, si era fatta carico della nostra sofferenza, come se io e Kodachi fossimo state figlie sue.

Avevamo princìpi diametralmente opposti e per questo non riuscivamo più a vivere insieme, motivo per cui Kodachi e io ce ne eravamo andate a Tōkyō, ma senza smettere mai di volerle bene. La sensazione era che amassimo quel luogo come concentrazione di persone a noi care. Non ci prendevamo di mira, non sottolineavamo i reciproci difetti o le cose che non ci piacevano gli uni degli altri. Eravamo lì, nella nostra interezza, e così vivevamo fianco a fianco. E ciò era possibile in quanto esseri umani.

La grazia nelle sue mani quando incartava le confetture, il suo sguardo quando taceva per rispetto verso qualcuno erano i momenti in cui ciò che provavo per lei, il senso della sua diversità da me, quindi dello scarto in qualche modo irriducibile che esisteva tra di noi, mi avvolgevano come una carezza. Trattenere quella carezza era tra le cose che mi riuscivano meglio. Appena un po' più forte e avremmo perso tutto.

"Vuoi portare delle pesche a tua madre? Sono molto dolci," disse Masami tornando a parlare di questioni quotidiane un attimo dopo aver assistito a uno spettacolo fuori dal mondo.

"Magari sì, grazie. Ne hai a sufficienza per la confettura?"

"Tranquilla, ormai non devo prepararne più. Siamo a posto anche con il gelato. A ogni cambio di stagione cambia anche la frutta e io mi diverto. Hai appena fatto l'abitudine a certi frutti ed ecco che ne arrivano altri. Pere, cachi, uva. Penso a come saranno quest'anno e non vedo l'ora di assaggiarli. Vorrei continuare all'infinito... se solo la vita fosse un po' più lunga! È un continuo divertimento," disse Masami con tono sognante.

Sarebbe stato bello seguitare così per sempre. La sua voce era una musica che non mi sarei mai stancata di ascoltare. La vita intonava una sinfonia che esercitava su di me un fascino inesauribile.

Siccome Misuzu non aveva voce, da lei non ricevevo mai alcuna telefonata.

Quando aveva bisogno di mettersi in contatto con me, mi mandava un messaggio sul cellulare.

Avevo aiutato la mamma a confezionare i *bentō*, l'avevo accompagnata all'ospedale ed ero tornata a casa per lavare i piatti. Fu allora che il guardiano mi chiamò al telefono.

"Ehi, Mimi, Misuzu dice che vorrebbe incontrarti. Hai intenzione di venire a casa mia oggi? Se sì, passa anche da lei."

Fui sorpresa dal tono della sua voce, molto più gentile del solito. Senza accorgermene ero diventata parte della loro famiglia (anche se non erano esattamente sposati). Mi parlava senza esitazione, senza fronzoli o particolari riguardi.

"Va bene. Stavo rassettando perché mia madre ha preparato i *bentō*. Appena ho finito passerò da voi. Le tombe sono a posto?"

Neanche da parte mia c'era alcuna distanza.

"Ho pulito tutto in mattinata, per oggi va bene così."

"Ok. A più tardi, allora."

In fondo ciò che basta al genere umano sono conversazioni quotidiane come quella, senza la necessità di attribuire ai rapporti etichette del tipo "famiglia," "fratelli," "coniugi".

L'essenza di queste conversazioni non è altro che la conversazione stessa, che non perde tempo a chiedersi se siamo noi gli interlocutori giusti.

Il mio contributo alla cura delle tombe e alla composizione dei bouquet era a titolo gratuito.

Di tanto in tanto, però, il guardiano mi regalava mazzolini di fiori avanzati o poche banconote stropicciate. Si scusava se era poco e mi pregava di accettarle come ringraziamento per l'aiuto che gli davo. Erano parte della paga che riceveva dall'abate.

La cifra era sempre forfettaria e certe volte avrei voluto dirgli: "Al prossimo giro mi pagherai in rami secchi"; in effetti l'accostamento di fiori e rami secchi mi divertiva, e tutto sommato la retribuzione mi sembrava appropriata. Serviva più che altro per farmi capire che non dava per scontato il mio aiuto.

I bouquet di fiori freschi invece erano sempre una gioia. Illuminavano la casa. Senza contare che le sue composizioni avevano qualcosa di maestoso che rendeva il loro valore inestimabile.

Da Kodama lavoravo in genere tre pomeriggi a settimana, quindi mi pagava a ore, regolarmente. Come pasto mi toccavano i *bentō* avanzati a mia madre. L'affitto, cumulativo e che eravamo noi a insistere per pagare, era irrisorio. Se mi commissionavano pezzi da scrivere li completavo in quattro e quattr'otto e inviavo il PDF. Anche se non vivevo più a Tōkyō ero loro utile, e le richieste continuavano ad arrivare senza sosta. Capitava anche che mi affidassero la cura di interi libri, il che mi permetteva di andare a Tōkyō per qualche riunione, e quelle uscite mi risultavano più che mai gradite. Ogni volta portavo a casa dolci e prodotti da forno che non si potevano comprare online, perciò mia madre e Kodachi di tanto in tanto mi chiedevano: "Ma questa settimana non hai riunioni a Tōkyō?".

La mia vita era un equilibrio perfetto e non avvertivo alcuna ansia per il futuro.

Sentivo che la mia presenza nel mondo aiutava altre persone a stare bene.

E nel bel mezzo di quella quotidianità si inserivano argomenti insensati e conversazioni prive di significato. I veri e propri capillari dei rapporti umani.

Finii di lavare, mi cambiai, presi l'auto e mi diressi verso il palazzo del guardiano, dove abitava anche Misuzu.

Nel vento che odorava di mare, immerso in un verde reso d'oro dalla luce, brillava il vecchio edificio. Fu allora che un'intuizione mi attraversò la mente, illuminandone i recessi più bui. Quando pensai che il bucato steso ad asciugare sul terrazzo avrebbe sventolato come una bandiera variopinta. Lo avevo ignorato, poi dimenticato. Tutta quella pace forse aveva sopito i miei sensi. Di lì a poco sarebbe accaduto qualcosa che avrebbe potuto mettere a repentaglio la mia vita.

Bussai alla porta della camera di Misuzu, al primo piano, e dopo un'attesa che mi sembrò interminabile finalmente lei si affacciò.

La frangetta le cadeva davanti agli occhi come alla famosa Sadako ed era tutta spettinata; portava una tuta rosa sbiadito che probabilmente era la più brutta che avessi mai visto.

"Che cosa ti sei messa addosso? Se fossi un po' più grossa sembreresti un maiale," scherzai. E intanto mi dicevo che Misuzu doveva essere ancora giù di corda.

"...stavo dormendo. Vorrei dormire ancora un pochino. Potresti tornare più tardi, *oink*?" L'*oink* le scivolò pigro sul mento.

"Hai sonno ma sai rispondermi a tono, vedo. Grazie per lo sforzo."

Poi, senza alcuna reazione, richiuse la porta e io me ne andai sul terrazzo.

Il guardiano, come sempre, era impegnato a condizionare i fiori.

Erano fiori piccoli ma brillanti e davano al terrazzo un'intensità cromatica che non sfigurava nemmeno rispetto al cielo. Porpora, rosa, rosso, giallo. Mi sembrava incredibile che quei fiori fossero in grado di crescere anche nei campi selvatici senza nessuna cura da parte dell'uomo. Che colori del genere potessero esistere nelle profondità delle montagne o sulle pareti rocciose a strapiombo sul mare, dove nessuno, a parte gli dèi, sarebbe stato in grado di vederli.

Il guardiano si occupava di loro con lo stesso impegno che metteva nella pulizia delle lapidi, asciugandosi il sudore di tanto in tanto.

La tenuta del fiore dipendeva dal modo in cui venivano

tagliati steli e foglie, e anche dalla posizione delle forbici. Per questo motivo, mi aveva spiegato una volta, i mazzi di fiori comprati al supermercato durano sempre poco. Come accade in cucina, se si è troppo cauti si perde lo slancio, se lo slancio è eccessivo, ma impreciso, il risultato sarà approssimativo, e poiché si ha a che fare con esseri viventi – e i fiori recisi sono esseri viventi che piano piano muoiono –, ogni singolo processo produrrà un effetto in futuro, ma al centro di tutto c'è la freschezza.

Niente era in grado di calmarmi come osservare il guardiano mentre lavorava alle sue composizioni floreali.

Era come meditare. Guardavo i colori combinarsi insieme, le singole consistenze volute dalle divinità, e tutto questo mi faceva l'effetto di un *mandala*, mi svuotava la mente.

Restavano solo i fiori, solo i colori. Guardavo quelle regole basiche lanciate nell'infinito e mi chiedevo che cosa fosse, in fondo, la realtà.

Osservare i mazzi di fiori equivaleva a conoscere i suoi pensieri.

"Qui volevo mettere dei fiori di calendula ma non siamo nella stagione della loro fioritura. E piuttosto che sostituirli forzatamente con altri di tonalità simile, ho optato per dei gigli selvatici rosa," pensava cose così, che per me erano come un sentiero illuminato verso la libertà.

E se mi ricordava la cucina, forse era perché apparteneva a una famiglia di cuochi. Un'arte che nasce e muore quotidianamente, eppure è sempre connessa alla vita. E sa raggiungere le profondità dei nostri cuori.

"Misuzu dorme ancora," gli dissi. Il guardiano sorrise.

"Da qualche tempo la sera fatica ad addormentarsi. E dice di convivere con lo spirito di un bambino." Alle mie parole, il guardiano aggrottò le sopracciglia.

"Di che spirito vai parlando? Ormai non so neanche se

valga la pena sottolinearlo, ma siamo sicuri che esistano gli spiriti?"

Mi limitai a scuotere il capo e dire ciò che pensavo.

"Non lo so. Non mi sento di dire con assoluta certezza che esistono, né tantomeno voglio dirlo, dal momento che forse ciò che la gente definisce 'spiriti' si può spiegare in altri modi. Di sicuro i posti in cui si manifestano presenze di questo tipo si somigliano un po' tutti. Alcuni sono umidi, altri desolati, ma non è solo quello: sembrano sempre spazi angusti e privi di finestre. Angoli di parcheggi dove il cemento è bagnato e si accumulano foglie morte e marcescenti, stanze, buie anche di giorno, di alberghi anonimi, dalle cui finestre non si vede altro che nebbia. E in qualche misura chiunque, se si addentra in una dimensione del genere, dove tutto ciò che si prova è una sensazione di impotenza, può vedere qualcosa di spettrale.

Quindi capisco perfettamente il motivo per cui quelli che fanno un lavoro come il suo, che aiutano le persone e qualche volta salvano loro la vita, quando entrano in quella dimensione particolare trovano più facile attribuire una natura spiritica a ciò con cui devono confrontarsi. È per comprenderlo meglio, per avvicinarsi il più possibile alla soluzione."

Mentre parlavo, ripensai al termine "convenienza" usato dalla minore delle sorelle della Casa dell'arcobaleno.

Il guardiano fece un profondo cenno di assenso. Dietro di lui scorsi la città e il cielo. Stava magnificamente all'aperto. All'aperto nel vero senso della parola, niente a che vedere con il cosiddetto *outdoor*. Non riuscivo a immaginarmelo alle prese con una tenda e una seggiolina da campeggio.

Per questo si era allestito quello spazio sul terrazzo. Perché al chiuso non sapeva proprio stare.

Passava primavere, estati e autunni sul terrazzo, mentre d'inverno se ne rimaneva in silenzio dentro casa a riordinare.

E siccome i fiori variano a seconda della stagione, erano

le stagioni stesse a determinare in modo del tutto naturale i ritmi della sua vita quotidiana. D'inverno non si ostinava a uscire in terrazzo. E neppure nelle giornate estive di calore eccessivo. Seguiva la propria natura senza forzarla. Perciò era così in sintonia con la bellezza dei fiori.

"La penso più o meno come te. Da vari punti di vista quel lavoro è una salvezza anche per lei. Aiuta persone invisibili e più le aiuta più aiuta sé stessa. Per questo non ho mai interferito, nonostante i pericoli.

In questo momento ha perso il suo equilibrio, anche perché si era convinta di essere rimasta incinta. Per lei è una situazione pure più rischiosa del solito e che potrebbe portare novità inaspettate. Misuzu è la sola nemica di sé stessa, costantemente in bilico tra la paura di cambiare e il desiderio di trasformarsi, di vivere.

Da quando stiamo insieme, piano piano ha ricominciato a uscire. In larga parte perché metà della mia vita si svolge all'aperto, il che ha facilitato le cose. Prima era più cupa, il suo livello di autoconfinamento assurdo. Riusciva a stare chiusa in casa, a letto, anche per tre mesi di fila.

Da un po' di tempo a questa parte, da quando ha trovato un'amica come te, che la capisce e la accetta per quella che è, mi sembra che abbia cominciato a uscire dal suo guscio, a vivere.

E forse, a lungo andare, non riuscirà più a svolgere quel lavoro che per lei sembra più importante della vita stessa. Oppure, se non mettesse più a repentaglio la sua vita, potrebbe venire meno la sua attitudine verso quel tipo di occupazione. Per lei sarebbe come vedersi strappare via una ragione di vita, la sola cosa di cui vada fiera. Ecco da cosa nasce quella sua inconscia ostinazione. Che, pur di esternarsi, prende mille forme diverse."

Le parole del guardiano erano in sintonia con quelle della ragazza della Casa dell'arcobaleno, e mi confortò capire che, me inclusa, la pensavamo tutti allo stesso modo.

"Quindi stai dando la colpa a me," risposi ridendo.

"I cambiamenti sono fondamentalmente spontanei e inevitabili. Puoi cercare di orientarli, ma la natura fa sempre il suo corso. Il problema è come farle lasciare ciò a cui si è aggrappata. Io ci provo, ma lei mi tiene testa a un livello profondo, e non riesco ad avere la meglio. E nessuno mi può aiutare."

"Già... Al di là di ciò che vorremmo per lei, è un problema suo e soltanto lei può trovare una soluzione. Una cosa è certa, però: esporsi ogni giorno alla luce del sole, muoversi e scacciare i pensieri negativi non può farle male. Se vuoi bene a una persona desideri vederla felice, sorridente, ma non la puoi forzare né tantomeno caricarla delle tue speranze."

Il guardiano annuì, poi disse: "Lei non parla mai molto del suo passato. Da qualche frammento dei suoi discorsi, però, ho intuito che deve esserle capitato qualcosa di così incredibile che non è scontato che sia ancora viva. Ecco perché mi risulta difficile dirle frasi del tipo 'Ci sono io con te, supereremo tutto'. Ma è proprio il mio modo di fare che ha alimentato per anni la sua fiducia nei miei confronti".

"E se a questo punto faceste un bambino, invece?"

"Sì, un giorno, magari, se avessi la certezza che possa reggere la situazione. Credo che non sia ancora il momento. Fino a quando non si sarà rimessa in sesto, sarebbe un rischio per lei e per il bambino."

Non si chiedeva mai perché si fosse innamorato proprio di una persona come lei. Misuzu era una parte del suo corpo. Il suo era l'amore di chi ha accettato una condizione per quella che è. O forse è così che amano i maschi.

Per me era un po' diverso, pensavo che se la natura di Misuzu la portava a vivere in un certo modo lei era libera di seguirla. Forse le donne amano così?

Era il guardiano a essere sbagliato? Era tutto un po' troppo determinato? Ma no, ero fuori strada. Mi bastava guardare le cose da un'altra prospettiva per capirlo. Per me non era sbagliato, quelle che sembravano lacune erano tutt'uno con le sue qualità migliori. L'amicizia è così.

"C'è un sacco di persone intorno a me che fa figli... cioè, no, non ce ne sono ancora. Però ho l'impressione che cominceranno a sfornarne e io non vedo l'ora, ma se arrivano a raffica poi dovrò avviare una raccolta fondi. Può andare in porto anche al primo tentativo, sai?"

"Vacci piano con l'entusiasmo, e se la prima a fare un figlio fosse vostra madre?" scherzò il guardiano.

"È talmente probabile che non riesco nemmeno a riderci sopra. Sarebbero ancora altri bambini. E dovrò dare una mano a ognuno. Non troverei mai più un lavoro. Potrei aprire un nido, mettermi a fare la puericultrice," risposi ridendo a mia volta.

"C'è un bambino, no? È evidente," disse Misuzu. Quando scesi dal terrazzo e andai da lei, venne ad aprirmi la porta con indosso una camicia bianca e una gonna nera. Non aveva più la tuta da maiale.

Mi invitò a entrare nella sua stanzetta bianca.

Le sue parole mi spinsero a guardarmi intorno, ma con mio grande sollievo non vidi niente.

Se avessi visto anche un fantasma mi sarebbe passata la voglia di vivere, avevo troppa paura.

Era una stanza al piano terra con le tende tirate, ciononostante non era poi così buia. Era pulita con cura e la finestra veniva sempre lasciata un filo aperta per consentire il ricambio dell'aria.

In qualche modo capivo anche perché Misuzu trovasse faticoso mangiare dolci e piatti pronti, quindi perché uscisse di casa poco o niente. Sbirciai nel frigorifero e vidi solo del formaggio e un po' di tè.

"Al momento non vedo fantasmi e non ne percepisco la presenza. Piuttosto dimmi: ti piacciono le verdure? In frigo non ne hai affatto."

"Crude non mi piacciono, mi fanno sentire freddo. Nella zuppa di *miso* metto il cipollotto."

"Come ti senti fisicamente?"

"Le mestruazioni sono sempre scarse. O non mi vengono, o mi durano solo un giorno. Mi fa ancora male la pancia, però. Ho anche un po' di emicrania. Certo, devo cercare di star bene. Qualche volta mi viene voglia di avventurarmi fuori casa, ma faccio un passo e mi sembra di svenire. E pensare che quando lavoro riesco a correre e saltare all'impazzata."

"Saltare?" ribattei con una risata.

Mi dissi che non sarei mai riuscita a vedere degli spiriti. Ero in grado di dormire dappertutto e, se pure mi capitava di percepire delle presenze, non ne avevo mai viste realmente.

Dopo un po' che ero seduta, e che mi ero acclimatata, sentii distintamente un rumore che non era stato provocato né da me né da Misuzu.

Mi guardai intorno sperando di non vedere nulla, giurando a me stessa che quel suono bastava e avanzava. La stanza era essenziale. Siccome era tutto bianco, trasmetteva una sensazione di pulizia profonda. Il divano era bianco, il letto era bianco, bianco era anche il tavolino. Non c'era altro.

Qualche mucchietto di libri ma nessuno scaffale. Sembravano tutti sul punto di crollare, ma quei punti isolati di colore che raccontavano la vitalità di una passione erano un'immagine rassicurante. Data la sua occupazione, molti dei libri erano di argomento esoterico, trattavano di culti ancestrali o di parapsicologia.

"In effetti ho sentito un rumore. Capita solo di sera?"

Dopo un po' che ero lì avevo cominciato a percepire

qualcosa, come quando gli occhi si abituano al buio. Nella stanza continuavano a sentirsi fruscii e colpi.

Poi, di tanto in tanto, mi sembrava di intravedere dei movimenti con la coda dell'occhio. All'inizio pensavo che fossero un'illusione ottica, poi piano piano cominciai a distinguerli più chiaramente.

"Qualche volta capita che si facciano vedere anche di giorno. E che di notte non si sentano affatto."

"I bambini veri sono un fastidio maggiore dei fantasmi. Piangono, devi cambiarli, si ammalano e spazzolano tutto il cibo che c'è in casa."

"Ma non arriva mica tutto insieme. È graduale, no? Oppure sono episodi distinti."

"Hai ragione, è vero."

Mentre parlavamo, gli eventi nella stanza assumevano contorni più netti. Colpetti alla finestra, scalpiccio di piccoli passi.

Gli abiti appesi all'attaccapanni si mossero uno dopo l'altro. Proprio come se un bambino stesse giocando a nascondino.

"Scusa se l'altro giorno mi sono messa a piangere. Non è che volessi un bambino, dopotutto. Con il mio lavoro non so mai quando dovrò uscire di casa. Se mettessi radici qui, gli affari andrebbero a rotoli. Non potrei nemmeno portarmelo dietro come Ogami di *Lone Wolf and Cub*, sarebbe un pericolo per me e per lui. È solo che, una volta provata, è difficile cancellare la felicità di saperlo dentro di te," disse Misuzu prendendo dal frigo una bottiglia di plastica senza etichetta e versando nei bicchieri del tè di un colore stranamente chiaro che doveva avere essiccato lei stessa, perché non mi sembrava un prodotto commerciale.

Siccome le parole le fuoriuscivano dalla bocca sotto forma di caratteri, senza guardarla in viso era impossibile sapere cosa stesse dicendo. Ma Misuzu, a dispetto della sua fondamentale instabilità, capiva e osservava, e sapeva perfettamente quando andarsi a posizionare in un punto che la rendesse visibile al proprio interlocutore.

"Non devi avere fretta, sono sicura che un giorno avrai un bambino, Misuzu. È vero che conduci un'esistenza da reclusa, ma perlomeno ti cambi regolarmente d'abito, e anche se mangi poco tutto sommato fai attenzione al tuo stile di vita."

"Dici davvero?"

Misuzu sembrava contenta. I caratteri della parola "felice" palpitavano sul suo petto.

"Te l'ho già detto, non devi importi dei limiti. È possibile che uno di questi giorni, per errore, ti capiti di avere un rapporto sessuale. Pensa solo che esiste questa probabilità. Il tuo partner non è né uno sconosciuto né una bestia, quindi non è affatto impossibile."

"Sì, forse sono stata un po' testarda. Spiriti? Rimpianti? Persone piene di rimorsi? Ecco con cosa e con chi sono abituata a relazionarmi. Questa è stata la mia vita finora."

Sorseggiai il tè, una miscela cinese quasi incolore ma dal gusto profondo e molto aromatica. Pensai che gli strambi della città, quando si trattava di tè, non scendevano a compromessi. Io ero una consumatrice abituale di tè in bottiglia, quindi ero lontana dai loro standard.

"È buono questo tè."

"L'ho ricevuto da un cliente di Taiwan. Ho trascorso una notte in un appartamento che, abbandonato da tempo, era ormai infestato. Bruciando incenso e parlandoci ho convinto gli spiriti ad andarsene. Sono pratiche che non conoscono distinzioni di religione e di provenienza. Vado spesso all'estero, se devo comprare incenso e fiori riesco a chiedere indicazioni scrivendo, e allora perché in Giappone per me è così difficile?" chiese Misuzu con un filo di imbarazzo e un'espressione tesa in volto.

Mi chiesi fin dove avrebbe potuto crescere quella tensione e immaginai tutto ciò che il guardiano doveva sopportare. Arrivato a questo punto, era naturale che non avesse fretta.

Dandole tempo, Misuzu riusciva a tornare in sé, e il guardiano le faceva sia da compagno sia da genitore. E siccome di norma non si fa sesso con i genitori, si erano ritrovati in quella situazione.

"Perché i bambini amano così tanto i loro genitori? Forse perché dai genitori dipende la loro sopravvivenza?"

L'aria seria con cui mi fece questa domanda fu per me un colpo al cuore.

"Prova a rifletterci. Io sono un caso estremo, ma anche tu e tua sorella vi ritrovate bloccate da Manabi, il solo genitore che vi sia rimasto. Quando eravate ragazzine e anche adesso. Io non cercherò mai i miei genitori, non sono andata dal mio patrigno nemmeno quando era in prigione."

"In prigione..." ripetei tra me e me. Dopo qualche istante di riflessione risposi: "Era così ovvio che non ci ho mai pensato. Non credo però di essere bloccata da lei. Forse posso dare quest'impressione, ma non è così. È solo che le voglio bene. Le voglio bene, ha fatto tanto per me, quindi voglio restarle accanto. E poi quando eravamo bambine si è occupata dei nostri bisogni primari e forse è per questo che rimaniamo così legate a lei".

"Piacerebbe anche me poter dire queste cose dei miei genitori. Magari quando ero appena nata si saranno occupati anche loro dei miei bisogni primari, o forse è stata mia nonna a occuparsene, chissà. Non ne ho memoria. Comunque sia, non amo affatto i miei genitori. Mia madre e mio padre hanno divorziato quando ero ancora troppo piccola per ricordarmelo, e in seguito mia madre è stata una continua delusione. Di certo ha esercitato un'influenza decisiva, in senso negativo, sulla mia vita. E non la amo. Né lei amava me."

Misuzu parlava con una tale serietà da stringere il cuore.

Si sentì lo spazzolino da denti muoversi nel bicchiere sul davanzale.

"Secondo te ci sta chiedendo di giocare con lui? Di occuparci di lui, magari."

"Mah, capita anche a me di riempire un bicchiere senza motivo o di strappare qualche pezzo di carta da *origami.*"

"Sembri sapere il fatto tuo. Sei proprio una professionista."

Misuzu sorrise.

"Hai presente quelle due sorelle veggenti un po' inquietanti? All'inizio succedeva anche a me di vedere lo spirito di mio fratello minore, morto quand'ero bambina, che mi raccontava varie cose. Si chiamava Hiroshi, mia madre l'aveva avuto con un altro uomo, ed è morto quando eravamo ancora piccoli. Ammazzato dal mio patrigno. Il quale, per inciso, non è andato in prigione per questo. Succedono cose assurde.

Quando nacque Hiroshi ero davvero felicissima perché finalmente non ero più sola. Era bellissimo. Non ho ancora superato il dolore procuratomi dalla sua morte, né riesco a esprimerlo con le parole.

Nessuno sa se lo spirito accorso in mio aiuto appartenesse davvero a Hiroshi. Le due veggenti sono una cosa sola. Due vite distinte che si aiutano a vicenda.

Il mio caso forse è diverso, però, dal momento che Hiroshi era ancora un neonato. Un'entità spiritica che mi sono inventata per sentirmi protetta. Comunque stiano davvero le cose, oggi come allora per me quello è Hiroshi, e mi è stato di grande aiuto."

Mentre la ascoltavo, colpita dalla storia triste del suo fratellino e dall'enormità del suo dolore, a un certo punto dovetti chiudere gli occhi. Come se volessi farle segno di smettere, di non dire altro.

Il messaggio arrivò forte e chiaro, e Misuzu rispose con un sorriso.

“Tranquilla, Mimi, adesso è tutto passato. Non temere. Non volevo rattristarti.”

Il suo sorriso dolce mi calmò e ringraziai gli dèi per quel momento.

“Ho trascorso tutti gli anni dell’infanzia con la presenza invisibile di Hiroshi al mio fianco, perciò posso fare questo lavoro. Hiroshi mi proteggeva nelle situazioni di pericolo, si accucciava accanto a me e mi curava se avevo la febbre, e credo che senza il suo spirito – o qualsiasi cosa fosse – prima o poi sarei morta. Anche adesso, nei momenti di difficoltà, è sempre lui, angelo bambino, a sorprendermi con una parola di conforto o di aiuto.

Il monello che è qui con noi, però, è completamente diverso da Hiroshi. Il mio fratellino è andato in cielo quando era ancora un neonato, nel silenzio, nella dolcezza, rapidamente. Ecco perché mi è venuto il dubbio che potesse trattarsi dell’anima di un figlio mio.

È una cosa che in passato mi capitava spesso. Sin da piccola ho avuto amici così. A un certo punto se ne andavano ma poi tornavano in una forma diversa e in un modo o nell’altro mi davano una mano. È più facile distinguere uno spirito buono da uno malevolo di quanto lo sia capire se una persona è buona o cattiva. Da questo punto di vista gli esseri umani sono le creature più temibili. Sanno ingannare di proposito.”

“Non so bene come formularle, ma ci tengo a farti le mie condoglianze. Stando così le cose, però, non credi di aver scelto il lavoro sbagliato? Come puoi cacciare gli spiriti quando loro sono stati così buoni con te?”

“Fondamentalmente ciò che faccio è liberarli da una condizione di prigionia e aiutarli a raggiungere la propria destinazione. Per loro è una cosa naturale.

Anche tra gli spiriti, però, può capitare di incontrare qualcuno con cui non andiamo d’accordo o che non ci va a genio. In quei casi non uso mezzi termini.

Quando qualcuno si rivolge a me ma non è davvero in difficoltà, o magari non mi piace, rifiuto di aiutarlo in modo categorico. Ne va della mia vita. E in effetti non lavoro molto.

Ne ho spediti tanti nell'aldilà, anche in Spagna, a Taiwan, in Inghilterra. Si sparge la voce e arrivano altre richieste. Come con Izumi, ti ricordi? Però sai, non so come dirlo, ma... sono gli esseri umani che a me proprio non piacciono. E tendo a ragionare più come gli spiriti che come loro."

"Non ti piacciono gli esseri umani ma con il tuo lavoro li aiuti."

"Già. Ogni tanto incontro qualcuno a cui riesco ad affezionarmi. Ma ci sono anche casi tremendi, sai? Gente che non appena porto a termine un lavoro taglia i ponti con me, giudicandomi fin troppo stramba. Capita spesso con quelli che hanno un po' di soldi e con gli arricchiti. È come se, dopo essersi liberati della presenza infima rappresentata dal fantasma, identificassero in me una presenza infima da cui prendere le distanze.

E poi ci sono quelli che pretendono di detrarmi dalla parcella un muro crepato o un vestito strappato, una bibita o il costo dell'incenso. Mentre io rischio la mia vita per loro.

Qualche tempo fa, il muretto che separa la casa di Shō-*chan* da quella dei vicini è stato danneggiato da un tifone. Un vecchio muretto che costeggia la loro proprietà solo per metà. L'altra metà è in comune con l'edificio sul retro. Il vicino gli ha proposto di dividere la spesa per riparare solo la metà in condivisione con lui. In previsione di futuri tifoni, ha detto. E per l'altra metà gli ha detto di mettersi d'accordo con il proprietario dell'edificio. Shō-*chan* conosce molti muratori, no? Lui gli ha suggerito di chiamarne uno e di dividere la spesa solo per quella metà. La sua proposta potrà anche sembrarti ragionevole, ma mi ha colpito il fatto che abbia pensato esclusivamente alla propria metà del muretto, senza curarsi di cosa sarebbe potuto succedere a tutto il resto.

Alcune persone sono fatte così. Io lo so bene. Ogni tanto mi capita qualcuno che non lo è, con mio grande sollievo. Ho diversi buoni clienti. Accetto incarichi solo se sono loro a fare da intermediari. Non faccio altro che sfruttare una mia qualità particolare in cambio di denaro. Anche gli eremiti devono lavorare. E poi ci sono gli spiriti, che il più delle volte sono perdenti, persone che in vita non sono riuscite a tenere il passo con i vincenti e sono morte, e con il mio lavoro spero sempre di farle stare un po' meglio."

D'un tratto sentimmo una brezza calda e vellutata. Nello stesso istante mi venne la pelle d'oca. Il bicchiere appoggiato sul lavabo cadde per terra con il rumore secco tipico della plastica.

La luce fioca della finestra illuminò la sagoma vaga di un bambino piccolo.

"Cos'è, ti stai annoiando? Guarda che lo sappiamo che ci sei, puoi stare tranquillo," dissi voltandomi nella sua direzione.

Il bambino si mosse di scatto. Non riuscivo a distinguere se fosse un maschio o una femmina. Si vedeva solo la sua sagoma sfocata.

Dopo qualche istante, il bicchiere caduto per terra rotolò via come se ci fosse stato vento.

"C'è decisamente qualcosa," dissi.

"Già," rispose Misuzu.

"Mi sembra piuttosto evidente," aggiunsi io.

Sembravamo due mamme che parlavano tra loro sapendo che c'era un bimbo in casa ma in una circostanza quasi morbosa, dovuta forse al fatto che i suoni che sentivamo, quelli che fanno tutti i bambini, non potevano essere ricondotti a nulla di visibile. E come tutti i bambini, una volta presa confidenza con l'ospite di turno, il nostro cominciava a farsi sentire sempre di più.

"Adesso va bene. È giorno e ci sei tu. Quando però sento

quei rumori a notte fonda, nel mio letto da sola, mi sembra quasi di impazzire. Finora non avevo mai vissuto un'esperienza così straniante. Niente a che vedere con il senso di gioia e di pienezza che pervade le case dove vivono dei bambini.

Mi assale il sospetto che la mia vita si fondi su qualcosa di completamente sbagliato. Mi assale come un'onda. E se permane anche dopo che la notte è passata mi capita di dubitare della mia stessa esistenza. Da qualche parte dentro di me, però, conosco la verità. So che il mondo intorno è quello reale. Ma una volta che questi pensieri si sono fatti strada nel profondo dell'animo, diventa sempre più difficile allontanarli e affrontare la realtà serenamente.

È per evitarli che la maggior parte delle persone si tiene occupata, con le mani e con la testa, ma a me succede di chiedermi se il mondo vero non sia piuttosto quello che sta dietro alle cose. E se, una volta che lo si è conosciuto, sia ancora possibile indulgere nell'apparente semplicità della vita di tutti i giorni. Il che non vuol dire che io abbia perso ogni speranza. In quelle occasioni cerco di fare del mio meglio, nient'altro.

In fondo credo che la vita reale sia la somma di tutto: gli spiriti che restano a farmi compagnia anche di giorno, la morte e il suo contrario, il passato, il presente e le mille possibilità che coesistono dentro ciascuno di noi. E quando cominci a vedere le cose da questa prospettiva non puoi più tornare indietro. Vivi e senti che nello spazio intorno a te albergano mille presenze tutte diverse."

"Ora che mi ci fai pensare, anche Kodachi, quando è tornata dalla sua ricerca della mamma, ha detto qualcosa di simile," risposi. E aggiunsi: "Bisogna ammettere che anche lei, nonostante la sua forza sovrumana, si è sposata come tutti... Be', a dire il vero, il tipo che ha sposato non è esattamente come tutti... ma al di là di quello, forse ha messo a tacere parte di ciò che si portava dentro e si è sforzata di vivere una vita felice. E questo vuol dire che è possibile, no?".

"Quanto dici mi dà fiducia. Di tanto in tanto mi chiedo che fine farò. Da quando ho trovato una sorta di stabilità mi capita di pensare che una vita così, con impegni lavorativi saltuari e con Shō-*chan*, sia tutto ciò di cui ho bisogno, ma poi ho l'impressione che tra qualche anno questa calma potrebbe prendere il sopravvento e spazzarmi via, e ho paura. La stabilità mi fa paura, mi fa tremare dalla paura.

Volevo solo una persona affettuosa accanto a me, non chiedevo altro, ma ho capito che non è così che funziona. Devo prima risolvere tutti i miei problemi. A me andava bene così. Non mi importava se le cose tra noi non erano del tutto chiare, l'importante era stare insieme. O almeno così pensavo. Mi dicevo che non dovevo per forza risolvere tutto, che la vita può anche non essere perfetta.

Poi, in modo del tutto fuori dal comune, tu e la tua famiglia vi siete trasferiti in questa città e io ho subìto una specie di choc, ho capito che si può vivere anche come voi. Ed è uno choc che non voglio superare, che sto cercando il più possibile di trasformare in una risorsa. Anche la coesistenza con questo bambino: non voglio iniziare a pensare che se andasse via ci rimarrei male. Una parte di me non sa dire di no agli spiriti.

Come ti dicevo, lo spirito di Hiroshi in passato mi ha salvato la vita tante volte. Con le immagini, non con le parole, mi diceva di non uscire dall'armadio dove mi nascondevo in un determinato momento o di non ritornare a casa prima di una certa ora. Poi lo ritrovavo in sogno, tutto sorridente. Se non ci fosse stato lui, forse, non sarei sopravvissuta. Anche adesso, nei momenti peggiori, è sempre a lui che mi rivolgo. Se sono in pericolo, puntualmente mi compare in sogno o sotto forma di allucinazione. Nella situazione attuale non mi ha inviato alcun segnale, il che significa che posso stare tranquilla."

Misuzu parlava e intanto seguiva con lo sguardo, proprio come una madre, l'ombra del bimbo che si spostava da una parte all'altra della stanza.

Capii una cosa anch'io. Finché ci si trovava in quella stanza, tra i rumori prodotti dal bambino invisibile, si avvertiva una sensazione diversa da quella che si sarebbe provata vedendolo con i propri occhi, eppure, in un certo senso, era come osservarlo realmente. La sua immagine, i colori dei suoi vestiti e la percezione dei calzini che scivolano sul pavimento si imprimevano nella mente ed era come se lo si potesse vedere in carne e ossa.

Il cervello si confondeva e capivo bene perché Misuzu si sentisse disorientata. È ciò che si prova nel percepire costantemente vicino a sé la presenza di un altro mondo.

Dallo spiraglio della porta, due piccoli occhi di bambino guardavano nella mia direzione. Attenti, senza un battito di ciglia.

Non riuscivo a vedere distintamente il viso. Mi trasmetteva, però, una sensazione di simpatia. Non so come, mi feci l'idea che fosse vestito di giallo. Non era chiaro se fosse maschio o femmina. Ma, nonostante l'aria simpatica, continuavo ad avere i brividi.

Se lo fissavo, i suoi tratti si facevano sfocati. Lo vedevo, invece, più distintamente quando abbassavo un po' la guardia. Era appena più di un'ombra ed era molto scuro.

"Non mi pare che porti il kimono," dissi tra me, sovrascrivendo un'immagine moderna alle figure dei manga dell'occulto di Tsunoda Jirō.

Sorrisi ed ebbi l'impressione che ricambiasse.

"È inquietante ma anche molto tenero, no?" riflettei.

"Dai, giochiamo. Non startene tutto il tempo lì a guardare." In quel momento, le ghiande che avevo in tasca caddero e si misero a rotolare. Andarono a sbattere contro la parete del corridoio e nello stesso istante smisi di percepire la presenza del bambino.

"Che c'è, non vuoi giocare?"

Sorridendo mi avvicinai alle ghiande, le raccolsi e, come si fa per invitare un gatto a giocare, cominciai a passarmele da una mano all'altra. Sembrava proprio che stessi giocando con lui.

Non ero intenzionata a prendermene cura. La sua immagine mi aveva ispirato quel comportamento, tutto qui.

Non potevo vederlo, ma ero certa che il bambino stesse giocando con l'emanazione delle ghiande. Allora è così che ci si sente quando si percepisce ciò che non è visibile agli occhi.

Come tenere sempre un piede in un altro mondo.

Ero un'amante del movimento e cercavo di vivere tenendomi ancorata alla realtà, quindi per me certe esperienze erano del tutto nuove e riuscivo a non farmi trasportare; tuttavia, se la mia fosse stata un'esistenza sedentaria, in quella casa, in contatto costante con un mondo altro, probabilmente avrei finito per fare confusione.

Ma Misuzu ormai aveva fatto l'abitudine con tutto ciò, tanto più che il suo lavoro era allontanare gli spiriti.

Se questa volta la presenza di quella creatura l'aveva turbata così tanto era perché lei stessa aveva creduto, a torto, di aspettare un bambino, o forse perché quella storia l'aveva riportata al passato, o magari entrambe le cose.

Quella confusione a lungo andare l'avrebbe divorata, o forse l'avrebbe finalmente condotta alla guarigione. Non una guarigione completa, certo, ma almeno c'erano buone possibilità di successo. O almeno così speravo io.

"Una volta avevo una specie di maestro che mi disse che la mia defunta nonna mi proteggeva, ma che se non mi fossi congedata da lei non avrebbe potuto continuare a farlo ancora a lungo, e così ho pregato e ho lasciato che salisse al cielo. Non ero triste, ma ho pianto per tre giorni e tre notti, non sapevo cosa fare. La nonna adesso mi compare in sogno di tanto in tanto e mi parla. Anche se una cosa è quella giusta, doverla fare per forza, da un giorno all'altro, può risultarci insopportabile, perfino se è un maestro a consigliarcelo. Ancora adesso fatico a comprenderlo. E a volte finisco per chiudermi in casa e lasciarmi andare fisicamente. Ho bisogno di riflettere a fondo per capire certe cose," disse Misuzu. Poi aggiunse sottovoce: "E pensare che con il maestro sono riuscita a farlo. A farci sesso, voglio dire".

Sputai il tè per la sorpresa.

"Forse perché non era né un tutore né un tuo familiare? A differenza del guardiano," dissi mentre mi affrettavo a ripulire il pavimento, e Misuzu, con aria seria, mi rispose: "Perché allora lo amavo. Con Shō-*chan* è diverso, lui per me è... è estremamente vicino al concetto di madre. Non scordare che mia madre e il mio patrigno vendevano a caro prezzo ai pedofili le mie mutandine usate e foto che mi ritraevano nuda".

"Non vorrei dirlo, ma secondo me il guardiano non potrebbe mai essere come un padre, in effetti. Non si può fare un bambino con una persona che quasi non sembra dell'altro sesso. Ma dimmi: come hai fatto a diventare quella che sei in un ambiente così tremendo?"

"Grazie a mia nonna. E allo spirito di Hiroshi. Me ne sono andata di casa non appena ho potuto, pregando con tutta me stessa che gli adulti che sfruttano i bambini per i loro orribili scopi spariscano il prima possibile dalla faccia della terra. Dietro consiglio della nonna ho registrato suoni e immagini dei loro maltrattamenti e glieli ho mandati per email, minacciando di consegnarli alle autorità se mi avessero cercato, e loro non l'hanno fatto. Non li ho mai inviati alla polizia."

Misuzu sorrise.

"E così ho tagliato i ponti con loro, me ne sono andata portandomi dietro una copia dello stato di famiglia e i miei documenti di identità, e ho trovato rifugio da un artista gay, un uomo gentile, più grande di me, che grazie a un'eredità aveva messo su una specie di casa famiglia. Mi ci ha portato una ragazza con la quale mi ero ritrovata a chiacchierare un giorno a pranzo, in una tavola calda, durante le mie peregrinazioni per la città. Le persone che hanno subìto ciò che è capitato a me non sopportano le grida né i gesti violenti. Il proprietario di quella casa era cresciuto in un contesto abusante e capiva quello che provavo. Era premuroso ma non mi stava addosso. Mi sono rintanata lì e, come un gatto che si lecca le ferite, sono cresciuta dando una mano con le faccende quotidiane: è stato il mio percorso di riabilitazione. Quel posto, un po' salone letterario e un po' comune, era il punto di approdo e ripartenza di gente di ogni tipo e mi ha insegnato tante cose. Il sesso era severamente vietato all'interno dell'edificio. Doveva essere consenziente e all'esterno. Quindi potevo stare tranquilla ed evitare nuovi traumi.

Fu allora che incontrai il maestro, me ne innamorai e lasciai la casa. Non mi staccavo mai da lui, ero come un pulcino che per la prima volta ha visto un essere in movimento. Finché il maestro è morto.

Il maestro aveva allievi cui spiegava come ottimizzare la coltivazione della sua piccola piantagione di montagna e dava suggerimenti alle persone che gli facevano visita. Inoltre, come puoi immaginare, eseguiva anche riti di purificazione dagli spiriti.

Avrei tanto voluto un figlio da lui, ma all'epoca i miei genitali recavano ancora i segni degli abusi subiti in passato; per giunta credo che il medico mi avesse ricucita male, fatto sta che provavo molto dolore, e il maestro non era di certo il tipo di persona che antepone il proprio desiderio ai bisogni di una giovane donna sofferente.

Mi ha amato con il mio consenso e con tutta la dolcezza di cui era capace. Non come donna ma come persona. L'abbiamo fatto una volta sola. È un ricordo meraviglioso. Bambini, però, non ne sono arrivati. E forse non potrò mai averne. Forse dovrei accettarlo e basta.

Il maestro è morto in pace dopo avermi affidato tutta la sua conoscenza. E così sono scesa dalla montagna.

Ho cominciato a lavorare mentre cercavo di abituarmi all'odore sgradevole delle persone, delle strade, e mi sono sforzata per anni di sopportarlo. Poi mi sono fatta un nome e proprio allora Hiroshi mi è comparso in sogno mostrandomi un paesaggio: si trattava di questa città, dove in seguito mi sono trasferita e ho conosciuto Shō-*chan*, che è diventato anche il mio padrone di casa.

Ho seguito il volo leggero di una colomba che mi ha portato fin qui, davanti alla porta di questa stanza, in questo palazzo. 'Voglio abitare proprio qui,' gli dissi. Shō-*chan* mi rispose che in quel momento la stanza era occupata ma che si sarebbe liberata dopo un mese, perciò mi avrebbe richiamato. E poi mi chiese perché volessi vivere proprio lì. Glielo spiegai a pranzo. Questo fu il nostro primo incontro. Il mese dopo mi trasferii qui e cominciammo a frequentarci in modo del tutto naturale."

"Che vita difficile hai avuto... E anche la vostra storia è cominciata nel modo più insolito che si possa immaginare. 'Le ali di una colomba mi hanno detto di vivere qui', 'Stang! Cuore trafitto!'. Cose del genere non capitano tutti i giorni, si può dire che voi due vi siete proprio trovati. Ma dimmi, adesso sei felice della tua vita?"

Misuzu fece un'espressione disarmante, come se non capisse il senso della mia domanda. Sembrava frastornata. Inclinò leggermente la testa.

"Sempre, in ogni momento. Però ci sono anche situazioni in cui mi assale uno sconforto incomprensibile, o in cui non voglio vedere nessuno.

Ma sono felice quando mi trovo in questa mia bella stanza, quando viaggio per lavoro, quando ti vedo o quando tu, Kodachi e Manabi mi invitate a mangiare con voi. Quando guardo i boschi e il cielo mi sento felice di essere al mondo. Dopo anni passati a trattenere il respiro, adesso afferro tutto quanto c'è di buono nella vita. Il mio grado di tranquillità forse è superiore al tuo, Mimi. Perciò non devi preoccuparti," rispose sorridendo.

Ciò che avevo visto mi piaceva. Capii che stava bene. Quel sorriso era la ricompensa per tutta la fatica del guardiano. Quegli istanti di bellezza erano il nutrimento che il mondo mi stava regalando. E allora non potevo limitarmi a ricevere: dovevo restituire un po' di quella serenità.

Tornai a casa e trovai mia madre appisolata sul *tatami*.

Più che sibilare, ronfava, con le braccia e le gambe allargate.

La mamma era bella anche così. Senza le rughe intorno agli occhi sarebbe stata come una giovane principessa.

Sentii una spirale di tristezza e gravità crescermi lentamente in fondo al cuore.

Conoscevo quella sensazione. L'avevo provata così spesso, in passato, che ero arrivata a odiarla. Quando guardavo mia madre dormire e lei non si svegliava mai, un velo nero mi cadeva davanti agli occhi. Anche se le parlavo, se le massaggiavo le gambe e le braccia, la mamma non si svegliava. La sua temperatura corporea era bassa. Sembrava sempre sul punto di svegliarsi, eppure continuava a dormire.

Solo a ripensarci mi sentivo smarrita. Allora le toccai piano il braccio e sentii che era caldo.

Ma sì, posso stare tranquilla, non so che cosa ne sarà di noi, ma invecchieremo qui, insieme. Questo pensiero si trasformava in gratitudine per tutto ciò che era successo, capivo che c'era stata una ragione per tutto, inclusa la mia nascita, inclusa la morte di mio padre. E la ragione era quell'istante che stavo vivendo.

Forse mi ero messa a piangere senza nemmeno rendermene conto, fatto sta che la mamma, svegliandosi, era saltata in piedi.

"Mimi, che ti prende? Ti hanno fatto un dispetto?"

"Chi vuoi che mi faccia i dispetti alla mia età? Ti ho vista dormire ed è stato come un ritorno al passato," risposi con voce nasale.

"Scusami, non volevo spaventarti. Sto bene, guarda, sono sveglia. Adesso posso svegliarmi. Non è più come prima, vedi?"

La mamma sorrise con naturalezza e io finalmente mi tranquillizzai. Non sarei mai, ma proprio mai riuscita a farci l'abitudine. Da lì all'eternità non avrei mai più potuto dare per scontata la vita di mia madre.

"È una paura che mi assale all'improvviso e tu non ne sei certo responsabile, mamma."

"Ogni tanto dovrò pur dormire, che ci posso fare? Vuoi che mi disegni due occhi aperti sulle palpebre?" rispose ridendo. Che razza di soluzione era quella?

"Cosa c'era nel *bentō* di oggi?" domandai.

"*Donburi* con uovo sodo e alette di pollo fritte. Tuo padre adorava le alette. Gliele avrei dovute preparare più spesso."

Rividi anch'io l'espressione beata di mio padre che divorava alette di pollo sorseggiando birra. E anche allora guardava mia madre. La guardava sempre, come si guarda una montagna che è parte del nostro paesaggio quotidiano.

"È rimasto qualcosa? Ho un po' fame."

"Certo. Aspetta un attimo."

Mia madre si alzò ed estrasse un *bentō* dalla borsa frigo.

Lo presi dalle sue mani e cominciai a mangiarlo, freddo

com'era (la combinazione di uova e carne con il riso freddo, intriso dei loro succhi, è semplicemente esplosiva), accompagnato da un tè caldo: ormai l'agitazione provata poco prima era un ricordo lontano.

È stupendo poter condividere uno spazio con qualcun altro, fare due chiacchiere senza stare necessariamente appiccicati, senza abbracciarsi né dichiararsi amore reciproco, solo sfiorarsi di tanto in tanto mentre si mangia o si beve qualcosa. Saldi al proprio posto nel presente.

"Le persone sono in grado di dimenticare anche i momenti più spaventosi, non trovi?"

"Ti riferisci alla mia malattia?"

Notai che portava una T-shirt sulla quale erano disegnati tanti Doraemon. Un segno di qualcosa di unico e sfuggente in lei, forse una forma di astrazione dalla realtà, o di fedeltà a una propria realtà personale.

"Esatto, mi riferisco esattamente a quel periodo. E il fatto stesso che riesca a definirlo un 'periodo' dimostra che ormai mi sembra una cosa lontana da me. Nonostante la sua intensità."

"Che ne diresti di andare alle terme? Il pisolino di prima mi ha messo freddo. Mi è venuta voglia di andare alle terme."

Annuii continuando a masticare, senza nemmeno farle notare che era una richiesta decisamente improvvisa.

La mamma infilò un asciugamano nella solita borsa e telefonò a un hotel con stabilimento termale nelle vicinanze.

"Sono aperti."

E così, dieci minuti dopo, eravamo immerse in una vasca all'aperto con vista sul mare.

Erano le terme dell'hotel. All'ultimo piano c'era la vasca più grande, dalla quale si vedevano, in un unico colpo d'occhio, sia il mare sia la città. E, in lontananza, la montagna sul cui fianco era disegnato l'uccello. Visto da quell'altezza, il mare non era come appariva dal terrazzo del guardiano. La montagna sovrastava i palazzi e la cima era sorvolata dai nibbi. Forse per via dell'orario, in vasca non c'era nessuno a parte noi.

"Quando sento il soffio del vento su di me, mi domando se io non sia un fantasma," disse la mamma, nuda nell'acqua calda. E io pensai che da parecchio tempo non facevo che sentir parlare di fantasmi.

"Non so perché, ma mi succede. E ogni volta ho bisogno di conferme e le cerco nel contatto con parti del mio corpo o con i muri."

"Non mi sono mai ritrovata a un passo dalla morte, eppure credo di capire ciò che provi."

Il vento così forte da scoprirci la fronte nonostante i capelli bagnati, le volute di luce che increspavano le fronde degli alberi e la superficie del mare. E che trasportavano lontano anche il mio cuore.

"Se te ne vai in giro in questa città e a un certo punto muori senza che nessuno lo sappia, e soprattutto se nessuno sa che sei vivo tranne le persone che ti circondano, probabilmente non c'è molta differenza rispetto all'essere già morti."

"Ma in fondo è così un po' per tutti, no? C'è chi ne è contento e chi no, e io credo di appartenere alla prima categoria."

L'odore di salsedine andava e veniva. Il sole calò, scese la sera. Un ciclo che si ripete ogni giorno, che noi ci si presti attenzione o no. I pesci vivono la loro vita in fondo al mare. Depongono le uova, crescono, si alimentano o vengono pescati dagli uomini, e se sopravvivono poi muoiono e ridiventano parte del mare. La nostra vita somiglia alla loro. E nulla mi fa sentire più in pace con il mondo.

"È una vita in dono, la mia. Un pensiero che mi dà tanta serenità," disse la mamma. "Se quel giorno non mi fossi risvegliata, adesso non sarei qui. È un dato di fatto che mi porto dentro sotto forma di una sensazione di freschezza. E qualunque siano le mie attività quotidiane, so che sono un dono e questo mi fa sentire libera. Se ripenso a cosa ho costruito di buono nella mia vita, mi viene in mente soltanto che ho partorito voi due e vi ho allevato."

"Speriamo che ne sia valsa la pena," replicai, pensando in cuor mio che anche per noi la sola cosa importante era saperla al nostro fianco.

"Oh, anche troppo. Promosse a pieni voti."

I capelli bagnati le si erano appiccicati alle guance dandole un'aria disordinata, quasi sexy, ciononostante avrei voluto imprimere quella scena nel mio cuore e conservarla per sempre.

"Mamma, perché le persone vogliono avere figli? Forse si sente che è giunta l'ora dopo aver fatto per anni ciò che si vuole, dopo aver pensato così tanto a sé da essersi venuti a noia? O è un desiderio che nasce spontaneamente quando ci si innamora?"

Era una domanda da bambina delle elementari.

"Come sai, ho avuto esperienza di un solo parto, due gemelle, quindi, come dire? La mia sensazione è stata di aver incontrato finalmente qualcuno che conoscevo già. Senti un desiderio irrefrenabile di conoscere qualcuno, lo vuoi incontrare. È una cosa naturale. Al contrario, chi non riesce ad avere figli si ritrova spesso a badare a qualcuno o qualcosa. Pesci, piante, attività, nipoti, bambini del vicinato, qualsiasi cosa. Non perché voglia colmare un qualche vuoto dentro di sé, ma perché ha scavato così a fondo nella sua anima che gli dèi gli inviano degli angeli capaci di ampliare la sua esperienza del mondo. Per me è stato così," rispose la mamma. Poi aggiunse: "Non si tratta di educare, accudire o aiutare. Credo che sia il meccanismo fondamentale che governa il mondo. Persino i criminali seguono percorsi simili".

"Ascoltandoti ho capito una cosa! Sei stata tu ieri a

guardare *L'uomo che veniva dal nulla*, che avevo registrato. Quando ho acceso il televisore, mi è comparsa la scena finale, non me l'aspettavo. Pensavo fosse stata Kodachi. Non guardi spesso film così inquietanti."

"La verità è che mi piace Won Bin."

"Oh, adesso che ci penso, somiglia parecchio a papà."

"Mi hai scoperta!" disse ridendo mia madre, poi aggiunse: "Senti, Mimi, tornando a casa potremmo fermarci a fare la spesa? Visto che siamo in macchina...".

"Sì, certo. Ho voglia di comprare qualche stuzzichino. Kodachi mi ha detto che più tardi sarebbe passata. A casa sua seguono un regime vegetariano e dice di avere voglia di carne, e mi ha chiesto di comprarle una bistecca bella spessa."

"Al suo ritorno odorerà di carne. Speriamo che Isamu non se la prenda. Dall'esterno non si direbbe, ma è un vero maschiaccio."

"Anche se fosse, è inutile piangere sul latte versato. Gli siamo toccate anche noi due come optional. Magari non lo dice, ma se ne è pentito amaramente," scherzai.

Mia madre non sembrava mai pensare a nulla in particolare. Era come se non riuscisse a seguire il filo di un singolo pensiero. Per lei la priorità assoluta nella vita era conservare il buonumore. Proprio per questo le sue parole erano come un'onda che si alzava dalle profondità del mare e coglievano quasi sempre nel segno.

"Quella ragazzina. Quella a cui escono i caratteri dalla bocca. È lei che dovrebbe mangiare carne a volontà, in modo da crescere come si deve. A quanto mi dici, la ragazzina da cui era posseduta si è goduta il suo corpo molto più di lei. Dille che può venire a mangiare l'*oyakodon* tutte le volte che vuole. È un corpo da estimatrice dell'*oyakodon*, quello lì. Portando i *bentō* in ospedale, mi capita di assistere a un mucchio di situazioni diverse, tra chi vive, chi muore, chi doveva essere dimesso e invece è costretto a restare, ma è stato un evento davvero molto insolito ricevere i complimenti per lo stesso *oyakodon* da un'altra persona, anche se in un corpo differente, eppure esattamente allo stesso modo."

Eh sì, aveva proprio ragione.

Quello era il presente. Vivevo con mia madre. Il dolore apparteneva al passato. Immersa nell'acqua termale sentivo caldo. Il vento sul viso era fresco e piacevole. Nient'altro.

Guardavo la mamma vivere e comprendevo sempre meglio l'importanza di cose come quelle. Lasciare correre, lasciare andare. E così affioravano in me, in modo del tutto naturale, le azioni e i gesti necessari.

"Sai, mamma, mi piacerebbe poter vivere per sempre in questo posto. Venire insieme alle terme e tornarcene poi a casa ancora tutte accaldate. Mi basterebbe questo," commentai, pur sapendo che ogni cosa è destinata a mutare.

"Il fatto stesso che lo pensi indica che la tua è una vita felice. Lo pensavo sempre anch'io. Non mi ricordo niente di quando ero addormentata, ma so che al risveglio, trovandovi ormai capaci di avviare una lavatrice e di cucinare, mi è dispiaciuto essermi persa tutto il vostro percorso. So che al giorno d'oggi certe cose non le insegnano le mamme, basta cercare su internet, ma avrei voluto vedervi, almeno in piccola parte," continuò la mamma, sinceramente dispiaciuta.

E anche così, guardarla in viso mi provocò un sussulto di dolcezza.

"Qualche giorno fa ho visto uno spiritello a casa di Misuzu, ed era la prima volta che ne sentivo e vedevo uno di persona. Finora mi era capitato di percepire una presenza, di credere che fossero suggestioni, cose di questo tipo, e devo dire che, rispetto ai morti viventi, in questo spiritello c'è un che di fresco. Alcuni dicono che quando in una casa si manifesta lo spirito di un bambino significa che ce n'è uno vero in arrivo. Nella vostra ala si vede in giro qualche spiritello? La parte di Isamu mi sembra abbastanza misteriosa."

Come annunciato, Kodachi era venuta a mangiare un po' di carne da noi e adesso si era messa a lavorare ai ferri.

Disse che se avesse fatto una doccia e avesse preso un caffè lì da noi, prima di rientrare, non sarebbe rimasta traccia dell'odore di carne.

La nostra permanenza in quella casa conservava ancora parte dell'atmosfera instabile di un accampamento.

Kodachi teneva da noi qualche cambio d'abito e il materiale per lavorare.

In casi eccezionali, telefonava a Isamu e gli diceva: "Stanotte mi fermo a dormire qui. Non ti sentirai solo?", ma lui, che di tanto in tanto apprezzava la solitudine, probabilmente annuiva all'altro capo dell'apparecchio.

Il fatto che nonostante tutto là si trovasse bene, e che quindi non decidesse di trasferirsi in pianta stabile da noi, era un'ulteriore espressione dell'atteggiamento da "principessina" di mia sorella. Teneva ben stretta la rete. Nulla più che un'analogia scherzosa, visto che dall'esterno lui sembrava una bestia.

La mamma si ritirò immediatamente in camera sua dicendo che non doveva nemmeno fare il bagno, così in soggiorno rimanemmo soltanto io e Kodachi.

Stranamente, bastò quello a riportarci ai tempi della nostra confusionaria vita a due.

Mi venne voglia di tirar tardi perché la notte mi sembrava improvvisamente infinita, tornai bambina, sicura che la vita per noi dovesse ancora cominciare.

Kodachi stava bevendo un caffè e intanto mangiucchiava del cioccolato che aveva tirato fuori dopo cena. Io sorseggiavo del vino muffato che la mamma aveva ricevuto in dono da un paziente dell'ospedale, e intanto mettevo a posto i piatti. La mamma riceveva molte cose in dono. Perché si faceva pagare poco i suoi *bentō*. E così ogni giorno ci ritrovavamo in casa qualcosa di nuovo: verdure, frutta, carne, alcolici, dolci.

Continuando a sferruzzare, Kodachi esordì: "Macché. Non sono nemmeno incinta". Poi aggiunse, come c'era da aspettarsi da lei: "Ma se i bambini non dovessero arrivare pazienza, stiamo bene anche così. Ormai questa è la mia vita e provo tanta gratitudine. Ogni mattina faccio l'elenco delle cose per cui sono riconoscente agli dèi, ed è un elenco così lungo che quasi non mi pare vero. Da un po' di tempo dire grazie per ogni singola cosa è diventato seccante e quindi faccio un unico ringraziamento complessivo. Per la presenza della mamma qui con noi. Perché sei qui, invece che a Tōkyō da sola. Per Isamu, per la sua bontà, le sue grandi spalle sempre a portata di mano. Lui è l'uomo che ho sempre sognato, sin da bambina. Grande, introverso, soffice. Mi basta questo per essere grata.

Qui siamo immersi nella natura e ogni passeggiata accentua il senso di isolamento, tuttavia basta allontanarsi anche di poco in auto per trovare ristorantini di *rāmen*, supermercati e altre comodità. A differenza dell'appartamento da due soldi di prima, dove in qualsiasi momento potevamo ritrovarci degli sconosciuti in casa, qui siamo al sicuro, c'è un guardiano, e se dovessimo avere figli mi sentirei tranquilla. Ripensandoci adesso, la nostra vita a Tōkyō mi sembra un ricordo lontanissimo. Eravamo noi due sole, non avevamo alcun punto fermo e vivevamo in una specie di continua scissione tra la testa, che era con la mamma in quell'ospedale, e il corpo, che dormiva, mangiava, se ne andava in giro.

Ecco perché il presente mi sembra un sogno e non faccio che ringraziare qualcuno, che sia Isamu o gli dèi. So che Isamu non è un dio, che ha le sue debolezze, non sto sognando a occhi aperti. Gli sono grata, però, di avermi… come dire?, di avermi dato in prestito un ambiente come questo. Qualsiasi forma abbia tutto ciò, anche se un giorno, prima o poi, dovesse finire".

"Cosa sono questi discorsi sulla gratitudine? Stai avendo una crisi mistica? Noi saremo pure ospiti ma tu, Kodachi, qui sei a casa tua. Ti sei sposata, hai trovato un tuo equilibrio."

"Tutta la mia vita, oggi, è in prestito, anche più di prima, e questo paradossalmente mi rende più tranquilla. Si sta meglio senza il peso dei doveri e delle responsabilità. Era un peso che prima sentivo molto di più.

Ma forse la vita è così per tutti, in ogni momento. Tutto ciò che abbiamo lo prendiamo in prestito, la nostra casa, il corpo, il tempo. Dobbiamo esserne grati, non perderci a pensare a ciò che non abbiamo, e così eviteremo di imboccare strade sbagliate. Possiamo anche mettere radici qui, espanderci, e sarebbe bellissimo, certo, ma dobbiamo ricordarci che ciò che abbiamo è nostro solo temporaneamente."

Non credevo alle mie orecchie.

"Non ti ho mai sentito dispensare simili perle di saggezza."

"Sai, dall'esterno posso sembrare impulsiva e certe cose non so esprimerle molto bene, però una parte di me è sempre stata così. Forse è una caratteristica di tutti quelli che nel lavoro hanno costantemente bisogno di tenere le mani occupate. Ci diamo sempre un obiettivo parziale da raggiungere, giorno dopo giorno. Così abbiamo una misura concreta dei nostri limiti, della qualità dei risultati raggiunti, del tempo, delle energie necessarie. Senza pensare al risultato finale, ci concentriamo su ogni singola tappa e siamo pronti anche a tornare sui nostri passi. Il risultato è una composizione che si è sviluppata in accordo con il tempo impiegato, del tutto naturale, assoluta."

"Vale anche per la scrittura, è il fondamento di ogni attività quotidiana."

"La scrittura è come la profezia, ti porta a immaginare

l'interiorità delle persone, è il prezzo che si paga all'universo in cambio della conoscenza del futuro. Lo dico in senso buono, ma chi non si dà da fare insegue sempre qualcosa di bello, come chi è entusiasta di qualcosa e non si sofferma mai a pensare ai limiti del proprio corpo o del tempo. È questo che vi rende così belli. Tu, Misuzu, Isamu. Il guardiano usa moltissimo il corpo, ma rimane un sognatore, il che non fa di lui uno scansafatiche, tutt'altro. È solo che per lui l'approccio pratico non viene mai per primo. A volte, poi, riuscite a superare i vostri limiti, in un modo che non è certo da tutti.

Mamma, Kodama e Masami sono anche loro persone che usano il corpo quotidianamente, quindi posso capire meglio il loro modo di pensare. Ma tu e gli altri siete stimolanti per il lato artistico del mio lavoro proprio perché non vi capisco affatto. Le vostre vite mi sembrano incredibilmente complicate."

"Anche la mia?"

"Tra tutti tu sei la sognatrice più incallita," esclamò Kodachi.

In passato mi sarei arrabbiata e avrei iniziato a punzecchiarla, ma ora mi limitavo a sorriderle come un genitore. Ero felice di sapere che Kodachi era viva e si trovava nella mia stessa casa. Sentivo la sua voce, vedevo il sebo sulla punta del suo naso. Perché ora era proprio davanti a me. Questo mi rendeva felice. Basta perdere temporaneamente le tracce di un familiare che chiunque comincerà a vederlo in questo modo.

"Il tuo nome vuol dire sia 'boschetto' sia 'spadino' e tu sei decisamente uno spadino."

"Attenta, potrei infilzarti," rispose tutta sorridente. Doveva averci pensato prima di me.

"Che peccato, siamo diventate adulte ormai."

"Il vero peccato è che da giovani abbiamo avuto troppo da fare!" esclamò Kodachi, quindi scoppiò a ridere.

Quando la mamma era in coma noi eravamo ancora giovani, e nonostante cercassimo di restare calme eravamo sempre tese, nervose.

"Sono artisti e artigiani che mandano avanti il mondo, lo sai?" disse Kodachi addentando un ghiacciolo all'anguria che aveva preso dal congelatore.

La febbre da *donburi* della mamma si era calmata e adesso si limitava a raccogliere le prenotazioni e preparare semplici *bentō* un paio di volte alla settimana. Era un ospedale non particolarmente severo e lei era una ex degente, quindi avevano una sorta di tacito accordo, e i pazienti le ordinavano, sotto la propria responsabilità e con il permesso dei familiari, solo alimenti che si conservassero bene. Ovviamente ero io a darle una mano con le consegne.

"Il cibo dell'ospedale, anche se di quello in particolare non è male, è sempre un po' insapore."

Così dicendo, la mamma cucinava ogni giorno di buona lena.

Così di buona lena che faceva sembrare tutto facile. Aveva un suo criterio, nella preparazione, che funzionava piuttosto bene, dal momento che non andava oltre i *donburi* e qualche contorno. I contorni sono conservazioni sotto sale, non sott'aceto, e fermentano vigorosamente in un barattolo in cucina. La nostra casa ha un odore amaro di secco e di fermentato, ma a me sembra un buon profumo. L'intero spazio è pervaso da una sensazione di pulizia e di benessere, come se fosse una cantina di sakè. Mia madre dice che se si mettono in frigorifero i contorni la fermentazione si interrompe, quindi li prepara fuori.

"Da qualche tempo a questa parte ho un gran da fare. Dalla compagnia teatrale per la quale ho fatto i costumi è nata una star, e siccome avevo lavorato a lungo con il regista sono stata pagata di più, i miei abiti hanno ricevuto molta attenzione e la cosa più divertente è che sono venuti a intervistarmi. Guarda."

Mi mostrò il suo Kindle.

Su una rivista di moda c'era un articolo a doppia pagina con la fotografia di Kodachi tutta sorridente, con indosso un abito che ricordava quelli delle fate.

Accanto, una fotografia della compagnia teatrale e del giovane attore che aveva raggiunto il successo.

"Guardati, come sei brava a mettere su il tuo faccino più grazioso."

"Ero nervosissima. Infatti la zona degli zigomi è completamente rigida."

Si picchiettò le guance con entrambe le mani come se volesse ricreare l'immagine della fotografia e fece una faccia strana.

"È incredibile però, Kodachi. Congratulazioni. Sono anni ormai che confezioni capi di abbigliamento."

"Grazie. Penso che le tue siano le parole più sincere che mi siano state rivolte finora. Le tue e quelle della mamma. Anche se ho l'impressione che lei non abbia poi così chiara la difficoltà del mio lavoro. Ciò che è certo però è che mi sostiene.

Alcune delle mie vecchie conoscenze si sono tremendamente ingelosite per il successo improvviso raggiunto dalla compagnia, dal regista e da me. Il loro disprezzo è palpabile. Non si fanno scrupoli nel dire che non solo ho sposato un uomo ricco, ma che mi è andata bene anche con il lavoro."

"Le cose tremende ormai non sono niente per te, dopo quello che hai passato."

"Già, non mi spaventano affatto. Senza contare che, qualsiasi contrarietà possa capitarmi fuori da qui, mi basta tornare a casa per ritrovare la tranquillità. Sempre incurvato sui suoi libri, Isamu è lì ad accogliermi. Lo guardo e ritrovo la pace. Sento che qui c'è un tempo che scorre costantemente allo stesso modo. Lui legge, legge e non si annoia mai. E poi posso venire qui e trovare te e la mamma.

E poi c'è Tōkyō, che per me ormai rappresenta un'interruzione della routine, dal momento che non ci abito più come prima, ma ci vado solo per lavoro. Se passassi qui tutto il mio tempo, questo posto mi verrebbe a noia, invece lo vedo come il punto dove si raccoglie la mia famiglia e quando sono fuori casa non vedo l'ora di tornare."

Ero felicissima di non dovermi più preoccupare di Kodachi. Non glielo dissi, non era necessario dirsi proprio tutto. Kodachi, che era capace di cucire per intere nottate. Che anche se doveva solo disegnare un modello creava un capo di prova per verificarne la vestibilità. Sempre e solo autofinanziandosi.

La mia sorellina, eterna artigiana e inguaribile realista.

Creatura da cui mi separava una distanza incolmabile.

Tornai alla Casa dell'arcobaleno.

La ragazza era lì. Un po' emaciata, ma viva e vegeta, la vidi arrivare dal fondo della stanza con aria tranquilla e passo leggero.

"Avevo percepito l'approssimarsi di un'energia scoppiettante, era lei quindi? Non si preoccupi, prima di svanire passerò a salutarla. Forse succederà in sogno. Non posso farla venire in questo posto inquietante senza che abbia problemi di cui parlarmi, e poi si ricordi che non esercito più adesso."

Vedendomi quasi in lacrime per il sollievo di trovarla ancora lì, doveva aver intuito come mi sentissi.

"Scoppiettante? Non direi. Sono venuta a farle una domanda."

Se le avessi confessato quanto ero felice di saperla in vita, probabilmente sarebbe scappata. Fino ad allora non aveva mai allacciato rapporti con nessuno.

"Per oggi non dovrà pagare. Temo però che non riuscirò

a prevedere niente. Facciamo una chiacchierata prendendo il tè. E dopo il tè se ne andrà. Mi trovo in una strana condizione dimensionale. Non escludo che possa succederle qualcosa a livello mentale o fisico."

Mi fece strada in salotto, mise lentamente a bollire dell'acqua e preparò l'occorrente per il tè.

La osservavo, senza fissarla né cercare di imprimermi nella mente quella scena. Fino alla punta delle dita, i suoi movimenti erano sinuosi, sembrava una ballerina. Aveva un che di sacrale, qualcosa dentro di me mi diceva che non ci saremmo riviste.

"Credo di aver capito che la persona venuta a salutarmi in sogno fosse sua sorella. E ho capito che non mente quando dice che sua sorella non era il frutto della sua immaginazione, che ha vissuto qui per davvero.

Eppure c'è qualcosa che proprio non mi torna. A chi appartiene lo spirito del bambino che ha visto alle mie spalle, lo stesso che si trova in casa della mia amica Misuzu?"

Mi rispose senza esitazione, come uno scroscio d'acqua.

"Sa cos'è un elementale? È un concetto di cui parlava un mistico greco chiamato Daskalos, secondo il quale quando una persona prova un forte sentimento per una cosa, quest'ultima risulta possedere un'anima e una sorta di vita. E ciò determina fenomeni misteriosi. È una collaborazione tra il subconscio della persona e le leggi della terra. Un esempio estremo sono le bambole Luk Thep che andavano di moda in Thailandia qualche tempo fa, e che credo siano una cosa simile. Se ci si prende cura ogni giorno di una bambola che assomiglia a un bambino vero, gradualmente iniziano a verificarsi strani fenomeni. Credo che per metà si tratti di elementali creati dal proprietario e per l'altra metà di spiriti che si aggirano intorno a lui.

Oh, penso che ormai sia chiaro, ma per sicurezza lo sottolineo: come le ho già detto, mia sorella era una cosa diversa. Io e lei parlavamo davvero, inequivocabilmente.

Lei vorrà chiedermi se lo spirito accorso più volte in aiuto della signorina Misuzu sia suo fratello e io le rispondo che potrebbe trattarsi piuttosto di un'ulteriore versione della signorina stessa.

Ho il sentore che si tratti di una situazione diversa rispetto a quella mia e di mia sorella. La signorina Misuzu non riusciva più a stare da sola e si è creata un elementale che potesse salvarla. Poi gli ha dato il nome del suo fratellino. L'ordine degli eventi deve essere stato questo, ma la coincidenza con la morte del fratello ha fatto sì che lei, ancora bambina, non sia riuscita a distinguere gli uni dagli altri.

Misuzu è dotata di una forza spirituale così grande che, forse, ha finito per portarsi dentro il suo elementale. Insieme all'idea di aspettare un bambino si è sprigionato in lei il potere di quel ricordo, che si è manifestato in una maniera assurda. Non so se mi spiego, è come se il sogno fosse filtrato attraverso la realtà.

Forse è un'entità triste, che ha assunto una forma insolita, ma c'è, non lo si può negare.

Il problema è, ne sono certa, che subirà sempre le conseguenze spiacevoli di aver creato qualcosa, anche se inconsciamente, in quel modo. Penso che dovrebbe esserne consapevole. So che ci vorrà del tempo, ma lei può aiutarla. È molto importante.

Tuttavia, se tra la signorina Misuzu e lo spirito di suo fratello si è manifestato un vero amore, non ci può essere alcuna censura celeste. A giudicarli saranno le leggi della natura e la sua anima.

Ma sa, da qualche parte penso ancora che quello potrebbe essere il suo bambino. Sono sicura che mia sorella sarebbe in grado di individuare la verità di questa mia doppia visione confusa. Questo è il limite delle mie capacità.

Una parte di me ci crede. Mi immagino un maschiaccio, tutti voi che dite di aver già pensato a un nome per lei, mentre il suo vero nome è un altro. Se è una madre, lo scoprirà. È una persona molto intuitiva, no?

Però... più ancora dell'eventualità che lei possa diventare madre, quello che mi sembra più improbabile è che il suo amico riesca a star dietro a questa situazione. Gli uomini sono sensibili, fragili. Il rischio è lui, non lei."

La brezza marina soffiava fuori dalla finestra, leggermente appannata dalla sporcizia, il suo fischio scuoteva il vetro. Il rumore delle foglie degli alberi cresciuti frusciava rumorosamente.

Questo era ciò che ci circondava. La casa era un posto troppo bello per parlare di fantasmi, come la dimora di *Cime tempestose* dove Cathy veniva ogni notte a cercare Heathcliff. L'anima si incupiva. Ma io lo sapevo fin troppo bene. È il fango in fondo a questa palude che sostiene davvero i momenti di buonumore. Ecco perché luoghi come quello sono sacri.

Doveva aver percepito i miei pensieri, perché improvvisamente cambiò discorso.

"Be', è bello che lei sia così preoccupata per me, quindi se proprio non devo ancora scomparire... e se posso continuare a lavorare ancora, ecco... forse mi prenderò un cane, che ne dice? Un pastore scozzese, magari. Certo, un cane morirebbe prima di me. Però nel frattempo avrei una nuova occasione di vivere insieme a qualcuno. In caso contrario, non avrei nemmeno argomenti di conversazione con eventuali visitatori, come adesso con lei."

Un oroscopo canino?... Non sapevo se fosse meglio o peggio. La ragazza mi guardò e rise sotto i baffi. Ero come un libro aperto per lei. Mi disse: "Non che un cane possa prendere il posto di mia sorella, naturalmente. I cani hanno un cuore semplice, non avrei misteri da decifrare.

Così come lei voleva tenersi stretta la signorina Kodachi, mia sorella per me era la sola presenza familiare, avevamo sempre vissuto insieme, perciò speravo con tutte le mie forze di continuare ad averla vicina. Viveva e comunicava molto più di quanto immagini. È solo che gli altri non erano in grado di sentirla. Mi rallegra l'idea di essere stata al suo fianco fino alla fine.

Mah, in un certo senso nessuno di noi sparisce per davvero, diciamo piuttosto che cambiamo forma, ci disperdiamo nello spazio. Quindi non sono triste. È solo che ho bisogno di calore, per questo penso di voler restare, magari prendendo con me un animale, incontrando persone, fino all'ultimo istante".

"È un sollievo per me sentirglielo dire. A volte i miei sogni si rivelano profetici e temevo che lei non ci fosse più, ero dispiaciuta. E quindi eccomi qua."

La ragazza mi guardava con gli occhi socchiusi, come si osserva un cielo stellato.

Poi, con una voce strana, rispose: "È un tipo interessante lei, Mimi. Il sentimento che la lega alla sua amica ha influito sul suo destino, o almeno sull'ordine degli eventi. La prima volta avevo visto lei diventare madre del figlio di quel guardiano delle tombe che compone mazzi di fiori. La sua amica ne sarebbe stata felice, avrebbe cresciuto il bambino insieme a voi come una zia, e questo avrebbe curato anche le sue ferite. Era questa la mia previsione.

Lei invece è ricorsa a una forza misteriosa per curare la sua amica e lo spirito che si era impossessato di lei. Ha fatto un ottimo lavoro. È stato allora che il destino si è leggermente modificato, come un puzzle di cui si sostituisce un tassello, e quello è stato un punto di svolta. Il motore di tutto è stato l'amore, una vera benedizione".

Annotai in fretta quelle parole nel taccuino del mio cuore. Non le capivo ma dovevo ricordarle. Un figlio con il guardiano? Uh, impossibile.

"Gli esseri umani sono esseri del tutto irragionevoli. Il dolore e la gelosia non spariranno mai. Arriva la tempesta e cambia le carte in tavola. Come andrà a finire? Ma tutto questo, in fondo, mi scalda il cuore. Forse perché vivo in un posto così tranquillo. Osservo paesaggi caotici e mi appaiono pieni di calore e felicità."

Memorizzai quest'ultima affermazione. Capita spesso di comprendere le cose solo in un secondo momento. Poi dissi ciò che dovevo dirle: "Farò tesoro delle sue parole. Si lasci pagare".

"Ma no, sono ancora convalescente, le prenda come semplici farneticazioni. Non so bene neanch'io che cosa cerco di dirle. Ho solo aperto la bocca senza pensare. Se ci sarà una prossima volta, accetterò il suo denaro."

Sorrise. Notai delle occhiaie leggere sotto i suoi occhi. Pensai che fossero dovute alla stanchezza. Mi scusai in silenzio di averla disturbata mentre era ancora in lutto e sperai che quel cane arrivasse presto.

"Oh sì, quando arriverà sono certa che lo sentirà. Mi regali un collare. Uno grazioso, a fiori o a pois. Ci conto!"

Annuii pensando: "Dice tutto quello che le passa per la testa, non si pone alcun problema".

Voleva dirmi che non avrei dovuto presentarmi ogni volta a mio piacere e che non mi avrebbe informato dell'arrivo del cane in modo che fossi io a intuirlo, e solo allora sarei potuta tornare da lei.

Il fatto che desiderasse un collare grazioso mi fece pensare che avrebbe scelto una femmina. Si trattava di un rapporto, e anche di una persona, veramente problematici, perché bisognava leggersi nel pensiero per poter comunicare, ma anche solo per sapere se capiva ciò a cui stavo pensando.

Prima di andarmene, mentre mi infilavo le scarpe, mi feci

coraggio e le rivolsi una domanda, stringendo in mano un calzascarpe che sarà costato almeno trentamila yen.

"Non penso che mi farò vedere spesso né voglio per forza diventare sua amica. Ma fino a che vivremo entrambe in questa città, le nostre strade si incroceranno. Lei è una presenza importante nella mia vita, anche se non ci incontriamo quasi mai. Se non le dispiace, potrei chiederle il suo nome?"

Pensai che se mi avesse risposto che era un segreto avrei girato i tacchi e me ne sarei andata via.

Avanzò fino a un vaso di porcellana alto quanto lei, mi lanciò un'occhiata sarcastica che in pochi istanti si trasformò in un'espressione profonda e lucente, e rispose: "Se glielo dico non potrà più tornare indietro".

La risposta peggiore che potessi immaginare. A furia di avere contatti con lei uno pensa che potesse essere diventata un po' meno arrogante, e invece... ma ormai ci avevo fatto l'abitudine. Non che lo volessi, ma era successo.

"Ormai sono già al punto di non ritorno," risposi ridendo.

"Mi chiamo Minon."

"Mi ricorda una marca di saponi. Grazie per avermelo detto. Signorina Minon, spero proprio che la prossima volta si sarà ristabilita, in modo da poterla anche pagare per il suo lavoro."

Così dicendo sorrisi e chiusi il pesante portone alle mie spalle. Poi respirai l'aria fresca a pieni polmoni, come chi ha appena rischiato di annegare. Per passare da quel mondo di mezzo a quello reale.

Tornai a casa, posai le mie cose e mi sdraiai sul divano, e solo allora capii. Molto probabilmente, la vera felicità per Misuzu sarebbe stata crescere un figlio mio e del guardiano.

Così avrebbe trovato l'amore senza bisogno di rovinarsi la pancia e l'umore o di disperdere le proprie facoltà. Non era nella sua indole provare gelosia. Forse sarei stata io a provarne, ma era una realtà talmente superiore alla mia immaginazione che non potevo dirlo con certezza.

Nessuno era in grado di sapere quale fosse il significato profondo di questa deviazione dal destino che era stata predisposta per noi. Di sicuro non ci era piombata addosso dall'oggi al domani. Non era stata nemmeno la somma dei nostri giudizi a indirizzarci verso l'eventualità che il guardiano e io avessimo un figlio insieme. Era una corrente che nessuno di noi aveva seguito. Era davvero destino che andasse a finire così?

In ogni caso non mi sentivo affatto pronta, almeno per il momento. Escludevo anche una possibile distrazione, dato che la morte di Tsuzuki aveva attutito ogni forma di desiderio. Lui ci sapeva fare. Aveva uno strano potere, era arrivato a sacrificare la propria vita per sottrarre un pochino di felicità a quella cui mi affacciavo io.

Purtroppo per lui, però, la mia esistenza continuava a essere felice. A prescindere da ciò che sarebbe successo tra me e il guardiano, le sole svolte nel nostro rapporto erano del tipo: "Oggi avevo voglia di curry ma quel ristorante è chiuso: e se optassimo per un cinese?".

Farci un figlio, però, era tutta un'altra storia. Un figlio non è di chi lo fa, possiede un suo carattere. Una volta venuto al mondo, se l'ambiente era quello giusto sarebbe cresciuto praticamente da solo, ma faceva una grande differenza se la madre fossi stata io o no... E quindi andava bene così, tutti d'amore e d'accordo, e persa in questi pensieri piano piano mi addormentai.

Ogni volta che andavo in quella casa poi mi sentivo stanca per via della tensione accumulata, il che mi impediva di vivere l'esperienza fino in fondo, e non riuscivo nemmeno a esprimere la mia gratitudine a dovere.

Per metà ero immersa in un sonno profondo e per metà ero sveglissima.

Sentii aprirsi la porta e pensai che fosse tornata la mamma.

Andò nella sua stanza. Dai rumori capii che si stava cambiando per mettersi in tenuta da casa. Poi la porta si aprì di nuovo e avvertii che stava lavando qualcosa. Avviò anche la lavatrice. "A quest'ora?" pensai, ma in effetti con la mamma capitava spesso. Era sempre stata così, faceva ciò che doveva fare quando aveva tempo, noncurante dell'orario. Ed era ancora più sregolata adesso che vivevamo in una casa dove non rischiava di dare noia al vicinato.

Percepii tutto questo mentre ero stesa sul divano nel dormiveglia, senza aprire gli occhi né muovere un muscolo, come un prigioniero incatenato.

All'improvviso lo schermo dei miei sogni proiettò la scena in cui mi recavo a casa di Misuzu. Il frigorifero, il tè freddo, il contatto con il pavimento sotto i piedi. Era tutto bianco e con un odore persistente di vernice.

Lo zoom della mia mente si concentrò su un angolo della stanza. Su qualcosa la cui forma non mi era rimasta del tutto impressa. E che vedevo adesso, per la prima volta, in quell'immagine della memoria.

Una vecchia bambola di pezza quasi nascosta, che nel sogno vidi con la coda dell'occhio. Dietro una specie di tenda da bar, alla finestra della casa di Misuzu, c'era un lungo e sottile cuscino di pura seta bianca, simile a un lettino, su cui si intravedeva la testa di una bambola. Portava un berretto rosso.

Ma certo, era la bambola di Hiroshi. Il simbolo di ciò che aveva protetto Misuzu quando era bambina.

Lo capii con assoluta certezza.

Qualsiasi cosa le capitasse, Misuzu era in grado di sopravvivere purché avesse quella bambola con sé.

Le persone che la maltrattavano compresero quanto ci tenesse e cercarono di disfarsene. In casa sua, Misuzu l'aveva tenuta nascosta e avrebbe dato la vita perché nessuno la scoprisse. Ecco spiegato il motivo per cui non ne avevo percepito la presenza: ero così distratta dai movimenti dello spirito che non ho notato l'essenza dell'amore, puro e semplice, che albergava in quel luogo.

"Nonna, Hiroshi, vi prego, tornate da me."

Mi sembrò di udire la voce strozzata dal pianto della piccola Misuzu. Non i soliti caratteri che le fuoriuscivano dalle labbra, ma una voce viva, capace di vibrare nello spazio.

Pensai che forse allora riuscisse ancora a parlare.

Provai a immaginare l'inferno che aveva attraversato a mano a mano che perdeva i propri alleati. Le sensazioni del sogno erano così opprimenti che iniziai a percepire un dolore fisico. I moti dell'anima si ripercuotevano sulla carne e il sogno li portava all'estremo, rendendoli incontenibili.

Fu allora che capii.

Perché, anche se andavo ogni volta da Misuzu con il desiderio di incontrarla, non era detto che ciò avvenisse.

Perché se le trasmettevo un messaggio non era detto che mi rispondesse.

Perché il nostro era un rapporto a senso unico.

Misuzu si sforzava di essere gentile affinché nessuno lo capisse, ma non si era affatto ristabilita, non al punto da poter rispondere alle persone o incontrarle in ogni momento. E forse non sarebbe mai accaduto.

Per riguardo nei nostri confronti cercava di tenercelo nascosto, ma il suo stato psichico era ancora precario. Con ogni probabilità, il guardiano se n'era già accorto. Ecco perché riusciva a starle accanto in modo così equilibrato.

Per la distanza che c'era tra lei e me, ogni contatto cominciava e finiva nel tempo di un incontro. Ogni conversazione si risolveva nello spazio di quello che volevamo dirci. Il guardiano, le bambole, le tombe e altri argomenti di poco conto.

Adesso eravamo qui, eravamo vive, e potevamo procedere con lentezza. Il fatto stesso che sentisse il desiderio di vedermi apriva la strada a infinite possibilità e non serviva nient'altro.

D'improvviso percepii un sentimento di vastità infinita riempirmi il cuore, come il vento che soffia sulle praterie.

E in sottofondo, ovattati, i rumori della mamma nella stanza accanto.

Mi sentivo davvero fortunata ad avere una vita in cui non ero costretta a porle domande come: "Se io e Kodachi fossimo entrambe sul ciglio di un burrone e tu potessi salvare solo una di noi, chi sceglieresti?". Respirai quella felicità a pieni polmoni, come un dolce ossigeno. Per farlo scorrere attraverso il mio corpo e trasformarsi in energia. Sperai di poter continuare a vivere giorni come quelli anche solo per un poco, cambiando gradualmente forma, contorcendomi e adattandomi come un'ameba.

Qualcosa che Misuzu non aveva mai avuto prima di incontrare il guardiano. Quanto di più importante, forse, possano avere gli esseri umani.

Fu poi la volta di una presenza vaga nelle mie vicinanze. Sembrava la nonna di Misuzu.

Apparentemente era ospite di una struttura di accoglienza.

Lo sfondo era sfocato e non riuscivo a vedere bene, ma percepii rumori, sedie a rotelle e soprattutto la presenza di molte persone anziane. I neon illuminavano a giorno il pavimento. Un pavimento tirato a lucido. Stranamente la sola immagine perfettamente nitida era quella delle piastrelle.

La nonna di Misuzu sembrava piuttosto malandata, con braccia e caviglie leggermente deformate. Gli occhi somigliavano a quelli della nipote. Nonostante fosse prossima alla morte, era intenta a cucire quella bambola. Raffigurava un bambino e i colori erano molto più accesi rispetto a quella ormai vecchia che avevo visto.

La nonna muoveva l'ago pregando con tutto il cuore per Misuzu.

Accanto a lei c'era già il berretto rosso che avevo visto sulla testa della bambola.

Brillava di una luce che non rimandava né alla resistenza né alla preghiera, ma alla vita stessa, in un senso ancora più profondo.

Doveva essere la nonna paterna. Nutriva per Misuzu un amore che non aveva niente a che vedere con la sua terribile madre, l'avrebbe voluta prendere con sé, ma si era ammalata e non era quasi più in grado di muoversi.

Non sopportava il pensiero di averla abbandonata in quella condizione spaventosa e le scriveva lettere su scampoli di stoffa, telefonava ai vicini, veniva insultata dai genitori quando provava a farle visita, eppure continuava a fare del proprio meglio.

Ma aveva ormai esaurito le energie. Quella situazione le era insopportabile, era evidente anche solo guardandola. Si struggeva al pensiero della sorte della nipote, avrebbe fatto qualsiasi cosa per lei, arrivò a pensare che se fosse morta, e una parte della sua coscienza fosse rimasta al mondo, l'avrebbe usata per aiutarla.

La osservavo e riflettevo che il suo comportamento era la cosa più immensa che un essere umano potesse avere.

A un tratto alzò la testa. Sembrava essersi accorta di me. Il che significava forse che ero sopra di lei? Forse ero io il vero fantasma.

La sentii solo pregare. "È una brava bambina, merita di essere felice." Aveva uno sguardo limpido mentre supplicava gli dèi e tutti coloro che Misuzu avrebbe incontrato sulla propria strada di tenderle una mano.

I suoi occhi testimoniavano una certezza: che prima o poi qualcuno avrebbe ascoltato la sua preghiera.

"Nonna, stia tranquilla, Misuzu ha già raggiunto tanti

traguardi. È andata via di casa. Ha un fidanzato e degli amici. Desidera un bambino. In fin dei conti è cresciuta bene. Adesso sta bene," dissi a voce alta.

Era vero: Misuzu stava bene. Cosa si poteva desiderare di più?

"Mimi, ma che dici? Oh, accidenti, ma cosa sto facendo? Non si parla con chi sta dormendo." Era la voce di mia madre, nella realtà.

Nello stesso istante in cui giunse al mio orecchio, vidi la nonna allontanarsi. Non potevo più raggiungerla.

La sua preghiera assunse la forma circolare dei colori dell'arcobaleno. Si allargò all'orizzonte, tutta tremolante. La coloravano anche le sfumature del mio rimpianto per non essere riuscita a stringerla, a trattenerla, ma la trasparenza dell'arcobaleno a poco a poco ebbe la meglio su quelle tinte fosche. Come la luce dell'alba.

Il dolce profumo degli abiti della nonna, quello tipico dei vecchi armadi, rimase con me anche dopo il risveglio.

Cos'era la morte, se i morti possono raggiungerci in sogno, oltre lo spazio e il tempo, in un momento che non è né presente né passato?

Quei morti che continuavano ad aggirarsi per Fukiage, pieni di energie nonostante la fame, per esempio. Si diceva che fossero al servizio di qualcuno, ma questo qualcuno come faceva ad attirarli a sé? Con il cibo? Indicando loro la strada con un bastone, come si fa con le mucche o gli elefanti? Si nutrivano, si muovevano, eppure erano morti.

Al confronto, incontrare un morto in sogno era un'esperienza molto più affine alla vita.

In quale dimensione stava pregando la nonna di Misuzu? O forse l'avevo raggiunta nel passato? Non mi importava. Se gli esseri umani sono dotati di un'anima e fluttuano nel cosmo come piccoli satelliti di colori e dimensioni diversi, e se davvero sono unici, significa che anche il modo in cui entrano in contatto con i morti non è mai uguale. Il sistema più semplice per spiegarlo è questo: c'è una dimensione nel profondo di ciascuno di noi dove ogni incontro è possibile.

Sentivo che era successo davvero. Non c'entravano i miei desideri o le allucinazioni. Alla nonna era giunta la mia voce e alla sua morte avremmo saputo se le sue preghiere sarebbero state esaudite. La pace avrebbe superato i confini del tempo. Era possibile. Perché il tempo non scorre soltanto in una direzione ma si intreccia, sostituisce il prima con il dopo, muta, assume infinite forme.

Siccome continuavo a gironzolarle intorno, nell'arco di una settimana riuscii finalmente a incontrare Misuzu. Certe coincidenze capitano quando si vive nello stesso quartiere.

Tranne che per lavoro, non avevo bisogno di prendere un appuntamento per incontrare qualcuno. Quella con Tsuzuki era stata la mia ultima relazione dotata di una struttura.

Andai in terrazza dal guardiano, ma lui era uscito a fare compere e c'era solo Misuzu, che beveva latte al cacao davanti alla tenda. Con la schiena curva e la tazza stretta tra le mani come se fosse un oggetto prezioso. Era graziosa come una bambina e mi resi conto che sotto l'ala protettiva del guardiano si stava decisamente riprendendo gli anni che le erano stati sottratti.

"Il latte al cacao di Shō-*chan* è il migliore del mondo. Qualche volta litighiamo e mi viene voglia di lasciarlo, poi penso al suo latte al cacao e puntualmente ritorno sui miei passi," disse sorridendo. Gli angoli della bocca erano sporchi di cacao.

"Meno male."

Non mi attiravano le bevande dolci, quindi non pensai affatto a chiederle di farmi fare una sorsata. Il fatto però che fossi felice per lei mi sembrò la dimostrazione ulteriore della nostra amicizia.

Presi posto accanto a lei e mi versai dell'acqua dalla brocca del guardiano. Era acqua di sorgente dal sapore delizioso. Ed era fredda, perché nella brocca c'erano grossi pezzi di ghiaccio. Tutta quella bontà mi suscitò un gemito involontario. La sua vita mi sembrò piena di ricchezze.

"Cos'hai da gemere?" Vidi scivolare queste parole davanti a lei.

"L'acqua è squisita," risposi. Lei annuì.

Era bello starsene sedute sotto il cielo a bere, senza dirsi niente di particolare. Senza pensare a ciò che ci piaceva o che non ci piaceva.

Tuttavia non ci volle molto tempo perché le parole, in modo del tutto naturale, uscissero dalle nostre bocche. Immerse in un paesaggio in movimento, mentre seguivamo con lo sguardo le nuvole. E la luce sulla città, che scorreva insieme a loro.

"In casa hai una bambola a cui tieni in modo particolare? Del tuo fratellino, magari? O legata a quello spiritello che gironzola da te?"

"Come fai a saperlo? Oh, ma forse... te l'ho mostrata? No, non mi pare di averlo fatto." Dal suo viso trapelavano sorpresa e paura. Non volevo vederla così. Guardai le mie mani giunte. Era un brutto momento. Ma proseguii. Avevo preso una decisione ormai.

"L'ho sognata. Non ne ho assoluta certezza, ma ricordo che in casa tua c'era la bambola di un bambino piccolo."

Misuzu cominciò a parlare a raffica.

"Quando Hiroshi è morto, ancora piccolo, io soffrivo tanto e così la nonna ha cucito per me una bambola. È una cosa diversa dal suo spirito, ma ovviamente c'è un collegamento stretto. La bambola rappresenta mio fratello se fosse cresciuto, se fosse diventato grande. Mia nonna è morta subito dopo. Aveva il morbo di Parkinson. Voleva adottarmi, aveva anche cercato di avviare le pratiche.

E così per qualche anno da allora mi è toccato vivere all'inferno. Il secondo marito di mia madre era un farabutto, ma a prima vista sembrava una brava persona ed era abile con le parole, così a nessuno è mai venuto in mente che potessi avere bisogno di protezione e ne ho passate di tutti i colori.

Quando è morta la nonna mi sono sentita sola e abbandonata dagli uomini e dagli dèi. Ma è stato questo a infondermi il coraggio di sottrarmi a quell'ambiente, quindi forse gli dèi c'erano, e anche la nonna e Hiroshi vegliavano su di me. Se allora non mi fossi decisa a scappare di casa, probabilmente adesso sarei già morta.

La nonna me lo ripeteva sempre, sai? Ti porterò via con me, Misuzu, non temere. E se per qualche ragione non dovessi riuscirci, cerca di vederla in questo modo: il mondo è grande, e siccome tu hai solo questa vita pensi che sia l'inferno. Se però apri gli occhi e rifletti, ti renderai conto che la tua attuale situazione è l'eccezione e il mondo è pieno di circostanze del tutto differenti. È a quelle che devi puntare e alle quali ti devi preparare.

Le parole esatte erano più semplici, così parlava mia nonna, ma il senso è questo.

Forse sapeva che sarebbe morta presto. La sua voce tremante, registrata con lo smartphone, mi spiegava come dormire all'aperto sotto una grondaia, da sola o con l'aiuto di persone fidate, o in un *manga café*, come lavare e fare le pulizie, cosa tenere a mente e a cosa fare attenzione se qualcuno mi avesse accolto in casa propria, come scegliere una struttura dove farmi ospitare, e una volta lì che cosa dire e cosa non dire. L'ho ascoltata così tante volte che alla fine ho imparato tutto a memoria.

Mi consigliò anche di trovare un modo per registrare, in formato audio, video o in fotografia, i maltrattamenti che avevo subìto dai miei genitori. Anche quello mi è servito. Mostrai tutto ai vicini i quali, per non avere problemi, si astennero dallo sporgere una denuncia, però mi diedero da mangiare e qualche volta mi offrirono ospitalità per la notte."

Il mio sogno si era avvicinato così tanto alla realtà che ne rimasi sbigottita. Mi dissi che sarei potuta diventare indovina anch'io. Ma mi sbagliavo. Il mio era un potere che funzionava solo con chi amavo, perciò non sarebbe mai potuto diventare un lavoro. Con grande serenità, mi dissi che il solo compito possibile per me era riversare amore su chi mi stava intorno.

"Sai, che quello sia lo spirito di Hiroshi è solo una mia supposizione, in realtà potrebbe trattarsi del mio sé più alto, dello spirito dei miei antenati, inclusa la nonna, frammenti della coscienza del mio vero padre, morto subito dopo il divorzio dalla mamma.

Comunque sia, la bambola a immagine e somiglianza di Hiroshi che la nonna ha cucito per me è ancora qui in casa, anche se ormai è ridotta a brandelli. Mia nonna era bravissima con ago e filo, ma la malattia le faceva tremare le mani. Il fatto stesso, però, che l'abbia cucita anche in quelle condizioni me la rende più cara," disse Misuzu guardandomi.

In quel tramonto di fine estate, invece delle campane che segnano l'ora cominciò a risuonare una canzone famosa che parlava di un amore infinito. Note che si diffondevano per le strade della città ripagandola di tutto il dolore della sua triste storia.

Per un istante, il cuore balzò lontano, fino alla tela azzurra e brillante del mare. L'uccello bianco brillava nel cielo. A ovest, le cime andavano tingendosi di rosa.

"Dimenticavo: il berretto di Hiroshi è tutto rovinato, ha anche qualche buco, e avevo pensato di affidartelo con la preghiera di farlo rammendare a Kodachi." Così dicendo, tirò fuori dalla tasca un piccolo berretto di pezza.

Lo presi delicatamente, con entrambe le mani.

Facendo attenzione, ne attaccai il lembo posteriore a un portachiavi di cuoio che tenevo in tasca e ce lo avvolsi intorno. La bambola non sarebbe mai cresciuta, eppure la nonna l'aveva cucita delle stesse dimensioni del berretto vero, una dimostrazione d'affetto che mi colpì. Non potevo permettermi di perderlo.

"Sei certa di voler affidare a Kodachi un oggetto così importante?"

"Sì, anche per sovrapporre la realtà della mia vita in questa città al passato. Lei capirà e lo rammenderà nel miglior modo possibile. Ci pensavo già da tempo, per questo prima, quando hai tirato fuori il discorso della bambola e di Hiroshi, sono rimasta di sasso. Cosa sei, Mimi? Una sensitiva forse?" domandò con aria smarrita, guardandomi in viso.

"Non credo di poterlo negare ma nemmeno confermare. Sono una via di mezzo," scherzai.

"Se è così va bene, credimi. Sei qui, senza un ruolo né una missione, segui la corrente come una medusa e di tanto in tanto corri in aiuto degli altri."

Tutt'intorno alle labbra aveva dei baffetti di cacao. Ricordava uno di quei ladri delle vecchie illustrazioni.

Misuzu tornò al piano di sotto dicendo che sarebbe andata a dormire perché aveva sonno, mentre io rimasi ancora un poco a guardare il panorama sorseggiando acqua. Dopo un po' tornò il guardiano con le braccia piene di fiori.

Erano di ogni tipo, comprati e raccolti, vidi anche erbe e rami. Da qualche tempo curava il giardino di un'anziana che viveva sola, e capitava che tornasse a casa con rami su cui erano attaccati splendidi boccioli. Non conosceva i nomi di tutte le specie di fiori e alberi, in compenso aveva scolpita nella mente la mappa della città con tutti i colori, le forme e i periodi di fioritura. Di giorno era sempre in movimento. Questo giustificava la sua corporatura snella e asciutta.

"Mi sono intrattenuta qui pensando che potessi avere bisogno del mio aiuto. Fino a poco fa sono stata a chiacchierare con Misuzu."

"Bene, posso chiederti una mano a metterli in acqua, allora?"

Presi i fiori e riempii un secchio d'acqua. Spostandomi, vidi con la coda dell'occhio qualcosa di verde.

"Guardiano, il vento deve aver fatto volare via il bucato, c'è qualcosa attaccato alla ringhiera," dissi senza dare troppo peso alla cosa.

Una T-shirt che il guardiano portava spesso e che mi piaceva molto, con un grosso melone disegnato su uno sfondo verde chiaro, si era staccata dalla corda su cui stendeva il bucato, era volata oltre la ringhiera e si era fermata sul bordo in cemento sottostante.

"Tranquilla, se dovesse cadere la recupero più tardi. Lasciala lì," rispose mentre sistemava i fiori.

Il cielo sopra di noi era ancora di un azzurro impressionante.

Feci due passi e mi appoggiai alla ringhiera per cercare di raccogliere la T-shirt. Bastava allungare una mano.

"No! Non ti ci appoggiare! È vecchia!" gridò il guardiano.

Non l'avevo mai visto così concitato e per qualche motivo lo trovai sexy. Un'impressione del tutto fuori luogo in quel momento.

La ringhiera si piegò e io, ancora con la T-shirt in mano, persi l'equilibrio e rimasi sospesa sulla balaustra pericolante. Sotto di me vedevo il suolo.

"Cado," pensai.

Una vita può finire in modo così banale. Ero esterrefatta.

"Fino a un attimo fa ridevo e scherzavo e fra qualche istante non ci sarò più. L'altezza è quella che è," pensai con freddezza.

Il guardiano corse verso di me al rallentatore. Vidi il verde chiaro della T-shirt stretta tra le dita.

L'ultima immagine sarebbe stata quello splendido colore. E il cielo azzurro venato di rosa, visto da quell'insolita angolazione. E poi il guardiano che correva a perdifiato verso di me. La sua espressione era seria, di chi avrebbe sacrificato la propria vita, e dentro di me lo ringraziai.

Mi stupì la vastità del mio campo visivo, ebbi l'impressione di poter vedere ogni cosa.

In quel momento, che fu lungo un'eternità, il laccio di cuoio che tenevo in tasca, a cui avevo attaccato il berretto della bambola di Hiroshi, si impigliò a un angolo sporgente della ringhiera.

Rimasi sospesa a mezz'aria, quindi usai i miei muscoli allenati per aggrapparmi ai sottili elementi verticali della ringhiera e risalire sulla base in cemento. Nello stesso momento, il guardiano mi tirò a sé con tutta la forza che aveva e rotolai verso il centro del terrazzo. Dietro di me vidi la ringhiera completamente deformata.

"È stato il berretto di Hiroshi a salvarmi," dissi, ancora distesa in posizione supina. Sopra di me vidi sprigionarsi una luce con i colori dell'arcobaleno. Oltre la luce, le sfumature sempre più intense del cielo.

Il cuore mi batteva all'impazzata. In condizioni normali sarei morta, tutt'al più gravemente ferita su un'ambulanza.

Qualcosa di grande, però, mi aveva preso tra le braccia. Percepivo una luce dolce e immensa, ben più grande anche del calore trasmessomi dal corpo del guardiano. Non avevo visto niente ma l'avevo sentita vicina.

Fu la riflessione di un istante, quando il guardiano si alzò tenendomi per mano. La mente correva e la realtà mi sembrò lentissima. Mi rialzai aggrappandomi a lui.

"Perdonami, avrei dovuto metterci un cartello, era troppo pericolosa. Non credevo che qualcuno andasse proprio in quell'angolino."

Era pallido.

"No, è stata una mia disattenzione. È colpa mia."

Le nuvole scorrevano lente sulle nostre teste, ignare di tutto. Che io ci fossi o no, la vita continuava ad andare avanti.

"Dopo che mia madre si è risvegliata e Kodachi è tornata, la vita non mi ha tolto nulla, è stata semplicemente perfetta, e adesso l'ho capito. Non potrò mai ringraziarle abbastanza. E non potrò mai ringraziare abbastanza neanche te, guardiano. Non ho altro da dire. Se pure la mia vita si interrompesse in questo istante, non avrei alcun rimpianto."

Il guardiano, quasi in lacrime, continuava a scusarsi. Poi disse: "Meno male".

"Già, meno male. La vita riserva continue sorprese. Può finire da un momento all'altro. Dico una cosa banale, ma ora ne sono consapevole come non mai."

Avevo avuto la percezione fisica di cosa volesse dire che si vive una volta sola, e che contano solo il qui e ora.

"Magari mia madre è ancora addormentata, e se Kodachi la sta ancora cercando allora io sono vittima della stessa malattia e tutto questo è un sogno. Tu, Misuzu, l'altra Misuzu: solo un sogno."

Il guardiano, che finalmente aveva ritrovato il suo solito colorito, ma era ancora commosso, si mise a ridere e disse: "Queste sono solo leggende metropolitane. Non dirlo nemmeno per scherzo". Aveva due lacrimoni agli angoli degli occhi.

Il colorito roseo delle guance faceva risaltare il segno azzurrino della rasatura.

Erano sfumature meravigliose che raccontavano lo scorrere continuo della vita.

Faticavo ancora a esprimere la forza che aveva pervaso il mio inconscio in quell'intervallo così breve. Una consapevolezza deflagrante aveva percorso ogni cellula del mio corpo e d'improvviso io e il mondo eravamo una cosa sola. Ed era tutto splendido e in un attimo capii che le creazioni umane, tante quante sono le stelle in cielo, inclusi i palazzi, il denaro e tutto il resto, erano espressioni della meraviglia per l'armonia perfetta del pianeta.

Come la sensazione di calore che si prova dopo aver fatto una doccia, o il sollievo quando ci si sottopone a una seduta di agopuntura, allo stesso modo l'idea della prossimità della morte si era trasmessa a tutto il mio corpo, stimolandolo all'istante.

Le mie giovani membra gioivano dell'opportunità di vivere ancora. Una gioia che rasentava il giubilo, che provavo io ma anche il mio corpo in quanto entità separata.

Anche Kodachi e la mamma l'avevano provata. Una sensazione assurda ma dolce. Forse non saremmo più riuscite a vivere con Kodama e la moglie. Ero consapevole anche di questo. Ormai avevamo superato il confine tra due mondi e non potevamo più tornare indietro.

Ero in un tale stato di eccitazione da non riuscire nemmeno a sbattere le palpebre, milioni di risposte mi affollavano la testa, una dopo l'altra, per poi svanire.

"Uffa, basta! Le persone a me care continuano a diminuire. Farò un figlio con lei. Anche se non vuole, anche se dovessi prenderla per sfinimento!" esclamò singhiozzando. Il vento trasportò la sua voce verso la città. Le nuvole scorrevano da occidente tingendosi di arancio.

"Non è che diminuiscono. E la modalità che descrivi potrebbe configurarsi come un crimine. Ripensaci. A volte sembri un vecchio ma in realtà per molti aspetti sei ancora immaturo." La voce mi tremava ancora ma per il resto mi ero ripresa.

"Ma no, parlavo per assurdo. Scusa, ho detto delle sciocchezze," continuò senza alzarsi.

"Sei stato un po' troppo veemente. Però apprezzo la tua

decisione. Se gli artisti non avessero anche un lato oscuro non sarebbero artisti." Mi sentivo un po' su di giri. "Ehi, guardiano, mi verseresti un'altra tazza di tè? Vorrei risintonizzare il mio corpo con il mondo, ho ancora il batticuore."

"Anch'io... Ho bisogno di un tè anch'io."

Con le mani che gli tremavano mise l'acqua a bollire, poi la versò nella teiera.

"Ti preparo il mio Darjeeling segreto."

"È stato il berretto della bambola di Misuzu a salvarmi."

"Quella bambolina con il cappello, raffigurante il fratello, è il suo talismano portafortuna. Non lo mollava mai nemmeno in aereo. È solo da qualche anno a questa parte che riesce a lasciarlo a casa."

È bello guardare le persone di spalle mentre preparano il tè.

"Da quando ti conosce, questo edificio per lei è diventato come un rifugio."

Sentivo splendere su di me un dolce cielo azzurro.

"Se ci fa così tanto affidamento, quella bambola deve avere una vita. Per lei è come un pezzo del cuore della nonna. È l'anima che la protegge. Ha salvato anche me qualche volta. Mi ha dato suggerimenti su treni da non prendere se non volevo arrivare tardi, su boschi in cui non addentrarmi per non essere morso da un serpente. E mi aveva avvisato."

"Su cosa?"

"Ieri, quando sono salito qui, Misuzu mi ha detto: 'Secondo Hiroshi dovresti aggiustare quella ringhiera'. E infatti poco fa ho chiamato un operaio che mi ha dato appuntamento per un sopralluogo. Ti chiedo scusa. Trattandosi di una richiesta di Misuzu mi sono attivato subito, ma avrei dovuto mettere in sicurezza la ringhiera. E non mi ero neanche accorto che la T-shirt era volata via."

"Non mi sono fatta niente, e poi tu hai agito con tempestività: è tutto a posto. Si è trattato di una mia disattenzione."

Se pure fossi precipitata giù, morendo sul colpo, non avrei provato alcun risentimento nei suoi confronti. Lo pensavo sul serio. E ne ero felice.

"Ho capito quanto tu sia importante per me. E che per difendere le persone importanti devo usare la testa e reagire rapidamente."

Intuii che i gesti necessari alla preparazione del tè lo avevano gradualmente acquietato. E anch'io, chissà perché, mi sentivo più calma. Forse perché condividevamo il medesimo spazio. Era il battito dei nostri cuori a farlo vibrare. Nasceva come un'increspatura sulla superficie del mare e a poco a poco si trasformava in un'onda che avrebbe cambiato il mondo. La piccola vibrazione provocata dalle nostre vite diventava qualcosa infinitamente più grande.

"Dici parole dolci con una faccia così pallida..." lo presi in giro. Tra noi ormai c'era una grande confidenza, avevamo rischiato persino di fare un figlio insieme.

"E anche questo, sono sicuro, alla lunga farà quadrare i conti dell'universo, del cielo e del mare. Non ha senso scervellarsi adesso."

Guardai oltre la ringhiera, dove il mare rifletteva la luce intensa del tramonto. Trovai incredibile che una simile quantità d'acqua potesse agitare la superficie del nostro pianeta. E noi tutti non siamo che granelli di sabbia destinati a svanire in un battito di ciglia. Mentre l'universo che abita ciascun granello di sabbia dialoga con quello illimitato che ci circonda. Di fronte a questa legge la nostra volontà non può operare in alcun modo. La volontà non ha il tempo di manifestarsi che, come in un processo infinito di osmosi, diventa essa stessa parte della legge.

Saperlo ci fa stare bene. Come un'onda che arriva e sappiamo già che si ritirerà. Come gli uccelli che ogni sera tornano al nido. Non dobbiamo fare nulla, non serve aspirare a nulla.

Il berretto, già tutto rovinato, dopo avermi salvato la vita era ulteriormente sbrindellato e strappato... È impossibile descrivere l'espressione sul viso di Kodachi quando glielo avevo portato nella stanza che aveva adibito a sartoria.

Credo che non la dimenticherò mai.

Sgranò gli occhi e disse: "Con tutto quello che ho da fare ti presenti con un oggetto che più complicato non si può!".

"Scusa, scusa. È che non vuole farlo toccare a nessun altro. È un atto di generosità. Ti ripagherò offrendoti un pranzo."

"Va bene, ho capito. È un atto di generosità. Ho l'impressione che sia una questione di vita o di morte, per cui non posso sbagliare: farò del mio meglio."

"La bambola a cui appartiene questo cappello mi ha salvato la vita, quindi ci tengo," dissi, senza scendere nei dettagli. Per un attimo Kodachi mi fissò. Fu un attimo di bellezza. I suoi occhi limpidi, e in filigrana il rispetto che riservava alla mia anima.

Per essere il salotto della "padrona di casa", la stanza di Kodachi non era molto grande.

Era un unico ambiente per la sartoria e la sua stanza; in corridoio c'era un piccolo bagno con il wc, il bagno grande si trovava al piano di sopra. Isamu invece alloggiava in un attico provvisto di tutto. Fin dall'inizio aveva insistito perché Kodachi stesse lì insieme a lui, e in effetti mia sorella lo raggiungeva per dormire e mangiare, ma trascorreva gran parte del tempo nella propria stanza, che in passato era destinata agli ospiti.

Decorata secondo il suo gusto, in mezzo a tessuti meravigliosi.

Prese con cura il berretto, come se fosse un pulcino, e mormorò: "Innanzitutto lo laverò a mano, delicatamente, poi lo lascerò asciugare al sole e al vento, riprenderò con l'ago i punti in cui il tessuto sta per strapparsi cercando di evitare i segni del rammendo e lo rinforzerò dall'interno creando una specie di patchwork. Limiterò gli interventi quanto possibile. Non voglio che Misuzu ne risenta troppo. A livello di sentimenti, intendo".

"Siamo nel campo della magia, ormai."

"In un certo senso è un po' come lavorare con i costumi di scena. Devono mostrare più degli abiti normali, e hanno anche una funzione scenografica. Ammesso che io riesca a cogliere fino in fondo il significato della storia."

"È per questo che gli spettacoli per cui lavori hanno successo."

"Rischio di sembrare presuntuosa, ma non accetto mai commissioni se il copione mi trasmette emozioni negative o se non riesco a immaginarmi immediatamente i costumi. Quando le storie mi sono congeniali do tutta me stessa."

Mentre io perdevo il mio tempo con faccende di poco conto lei era diventata adulta, e provai una grande ammirazione nei suoi confronti. Ma quelle faccende di poco conto erano il mio lavoro, cosa potevo farci? La mia era un po' una vita da vagabonda, come quella del buon vecchio Tora-san.* Il che faceva di Kodachi la sua sorellastra, Sakura, anche se non mi convinceva del tutto.

Era già completamente immersa nel lavoro di rammendo, prendeva appunti seduta al tavolo, ogni tanto allungava una mano verso il berretto, ci appoggiava sopra questo o quel tessuto.

"Senti, per caso hai una fotografia della bambola?"

"Immaginavo che me lo avresti chiesto e me la sono fatta mandare. Pare che sia un ricordo della nonna."

* Protagonista di una popolare serie di film usciti tra il 1969 e il 1995, *Otoko wa tsurai yo* (Gli uomini se la passano male!). [*N.d.T.*]

Così dicendo, cercai la fotografia della bambola di Hiroshi. Dava l'impressione di un essere vivente, proprio come le fotografie che ritraggono persone vere. Rammentai che l'aveva cucita la stessa nonna che avevo visto in sogno. Riproduceva il fratello di Misuzu, e anche per questo me la ricordava un pochino.

Non sapevo che cosa mi avesse salvato. Forse era stato davvero quel berretto. Forse l'intuito di Misuzu le aveva fatto percepire l'imminente pericolo, inducendola a consegnarmelo, forse dovevo ringraziare l'agilità del mio corpo, o le parole del guardiano, le preghiere della nonna di Misuzu, lo spiritello che abitava la sua casa, o magari quello di Hiroshi. O l'insieme di tutte queste cose.

Com'era successo ai tempi del papà, ripensai alla fragilità della vita. Basta un attimo per lasciare questo mondo.

Le persone possono farsi del male ma possono anche costruire cose in grado di salvare altre persone, e di salvarle anche una volta che chi le ha costruite non ci sarà più.

Ma era un pensiero troppo profondo e non ero certa che mi piacesse.

"Questa bambola ha un volto semplice, molto grazioso. Metterò delle toppe dall'interno solo nei punti in cui il tessuto è strappato, con colori e fantasie da maschietto. Dei quadretti, per esempio, e sfumature di blu," suggerì Kodachi. Poi cominciò a tirare fuori uno scampolo dopo l'altro e tornò a immergersi nel mondo delle sue creazioni.

"Grazie. Misuzu ha detto che intende pagarti," dissi avviandomi verso la porta.

"Non è necessario, in fondo ti ha salvato la vita. Io lo so. Quando ci sono di mezzo i tessuti lo capisco alla prima occhiata. Perciò non ho alcuna intenzione di farmi pagare," replicò senza alzare la testa.

Quella notte feci un sogno. Di quelli che mentre li fai sei consapevole di stare sognando.

Non c'entrava un bel niente con le cose che mi stavano succedendo, l'immagine era nitida come lo schermo di un televisore, talmente nitida che ci misi un po', una volta sveglia, a ritornare alla realtà.

Forse la scomparsa o la diminuzione dei morti che infestavano la città avevano affinato le mie facoltà? Immersa in questi pensieri, nel sogno me ne andavo a zonzo per strade mai viste prima.

D'un tratto mi accorsi che accanto a me c'era una ragazza sconosciuta. Mi ricordo solo che portava un lucidalabbra brillantissimo. E poi gli occhi sottili, la pelle candida, i capelli castani lisci che si spostavano da un lato all'altro mentre parlava. Cercai di guardarla in viso ma l'immagine era sfocata. Istintivamente pensai che si era già avviata verso l'altro mondo, che il legame tra noi aveva cominciato a sfaldarsi, ma non capivo chi fosse.

Non provavo tristezza. Ma come con le sorelle indovine sentivo che qualcosa stava per finire. Era più nostalgia, rimpianto, ma dal retrogusto dolce. Una sensazione così. La dolcezza della vita, come la luce dell'ultimo giorno d'estate.

"È che più di tutti mi piace Snoop Dogg. Ho ascoltato il rap fin da bambina e non vedevo l'ora di diventare grande per poter andare in America. Volevo somigliare a Nicki Minaj. Arrivata a questo punto non so nemmeno perché mi prendessi tanta cura del mio aspetto fisico, non ne ho la minima idea."

La sua voce per me era completamente nuova.

"Aspetta un attimo, chi sei? Di che cosa stai parlando?" le domandai.

"Scusa, sono morta, no? Ho realizzato tutto ciò a cui aspiravo quando ero in vita. Ti chiedo scusa. Pensa tu al resto. Lo so che è tutta colpa mia. E grazie, Mimi."

Ma sì, era la Misuzu nera! Come si chiamava, Izumi? Aveva quel viso e quella voce, quindi. Io l'ho conosciuta che era solo una bambina.

Volevo dire qualcosa ma non avevo voce. Però avrei voluto dirglielo. Che senza tutta quella storia non avrei mai potuto incontrare una persona così diversa da me per interessi, età e mondo. Il nostro era stato un incontro doloroso, ma allo stesso tempo ero felice di averla conosciuta.

La Misuzu nera sorrise. Doveva aver capito.

"E poi, Mimi, non è stato un bambino, e non è stata nemmeno quella bambola. È stata una graziosa bambina. Te la affido. Conto su di te. Voglio darle tutto ciò che ho. Desideravo sentirmi così. Avrei voluto sentirmi così mentre ero ancora in vita. Forse sarei riuscita a prendermi maggiore cura di me stessa. Ero all'oscuro di così tante cose. Ora ho capito che una parte di me desidera aiutare gli altri. Per questo conto su di te. Per qualche motivo non riesco a mettermi in contatto con lei ma solo con te, quindi lo dico a te. Grazie, Mimi. E scusa, conto su di te."

Continuava a ripetere "grazie" e "scusa" allo sfinimento. Sei stupida, non conosci altre parole? E che vuol dire America, in quale parte dell'America? Volevo scherzare un po' con lei ma non riuscii a dire niente. Ormai non sarebbe andata più in nessuno stato, in nessuna città.

Il tono della sua voce era così disperato che mi ronzava nelle orecchie. In fondo agli occhi lucidi un bagliore ricordava l'immagine di un Buddha e sembrava volermi trascinare lì dentro. Tuttavia non riuscivo a vederla nella sua interezza. Pensai che fosse diventata lei stessa un Buddha. Ma soprattutto: di che diavolo stava parlando? A questo punto riaprii gli occhi.

Non riuscivo a capire perché si scusasse, ma sembrava che mi avesse procurato un bel fastidio. Almeno questo era evidente.

Mi alzai, presi dell'acqua dal frigo e mandai giù una sorsata, poi cercai in rete Snoop Dogg e lasciai che una sua vecchia canzone risuonasse per la stanza. Poi cercai Nicki Minaj per vedere come fosse fatta. In effetti qualcosa c'era. Crescendo, quella bambina era diventata sexy come lei, e le somigliava anche di viso, sì, forse era un tipo simile. Questo pensiero mi fece scoppiare a piangere. Perché Nicki aveva qualcosa che lei non avrebbe mai più potuto avere. La luce di chi è vissuto, è cresciuto e ha vinto.

La luce mattutina e l'energia del rap mi fecero sentire meglio. Ero felice di essere viva. Lo ero anche in sogno.

Il cielo diventava ogni giorno più limpido, l'autunno era arrivato.

Mi immaginai le foglie colorate inondare i monti e la città, feci un respiro profondo. L'aria portava già l'odore delle foglie cadute. Mia madre aveva l'abitudine di far arieggiare le stanze ogni giorno, quindi in casa restava sempre il profumo dell'esterno.

Rimettendo in ordine alcune riviste trovai una cartellina con l'immagine di Keanu Reeves che dovevo aver ricevuto in omaggio con chissà che cosa e pensai di andarla a infilare nella cassetta della posta della Casa dell'arcobaleno. Mi sembrò perfettamente dissonante rispetto ai suoi arredi antiquati. Quel giorno però non avrei incontrato Minon. Era una giornata troppo bella. Ci sarei andata di soppiatto, scommettendo che lei intuisse tutto e facesse in modo di non farsi vedere. L'idea mi eccitava. Ma sicuramente sapeva già tutto. Se ne sarebbe rimasta in casa a sghignazzare. Poi avrebbe preso la busta dalla cassetta della posta e si sarebbe fatta scappare un sospiro.

Presi l'auto, arrivai al caffè sulla scogliera e rimasi a guardare il cielo, il mare e la parete rocciosa sorseggiando un frappé alla banana.

Qualsiasi cosa mi aspettasse, per metà mi sarei abbandonata alla corrente, per metà mi ci sarei dedicata anima e corpo.

Come si fa su una tavola da surf: potevo solo credere nel mio cuore e nel mio corpo.

Nella calma prima dell'imminente tempesta, mi sentii percorsa dal tremito di un guerriero.

Glossario

bentō: pasto da asporto e il suo contenitore. Lo si può preparare in casa o acquistare già pronto in negozio.

donburi: piatto composto da una ciotola di riso bianco su cui si dispongono ingredienti di tipologie diverse, cotti o crudi, come carne, pesce, uova, verdure e altro.

miso: composto ottenuto dalla fermentazione di soia, sale e lievito. È alla base di numerosi piatti della cucina tradizionale, tra cui il brodo (*misoshiru*), che accompagna la maggior parte dei pasti giapponesi.

onigiri: alimento preparato con riso condito con vari ingredienti e stretto in un'alga. Può avere forma triangolare o sferica, e si consuma generalmente come pasto veloce.

Oyakodon: piatto tradizionale composto da pollo, uova e cipolle, cotti insieme in un brodo a base di salsa di soia, *mirin* e aromi, e serviti su una ciotola di riso. Il nome *oyakodon* significa letteralmente "ciotola (*donburi*) di padre e figlio", riferendosi al pollo (padre) e all'uovo (figlio).

tatami: stuoie di paglia dalle dimensioni standard di 90×180 cm che ricoprono i pavimenti della casa tradizionale. Costituisce anche l'unità di misura per le stanze.